KB110907

감귤마켓
셜록

박희종 장편소설

감귤마켓 셜록

초판 1쇄 발행 ┃ 2022년 4월 15일
초판 2쇄 발행 ┃ 2022년 9월 20일

지은이 ┃ 박희종
펴낸곳 ┃ 메이드인
등 록 ┃ 2018년 3월 5일 제25100-2018-000014호
주 소 ┃ 서울특별시 은평구 연서로10길 15-6
전 화 ┃ 070-7633-3727
팩 스 ┃ 0504-252-6940
이메일 ┃ madein97911@naver.com
ISBN ┃ 979-11-90545-28-0 03810

감귤마켓
셜록

박희종 장편소설

MΛDE IN

차례

프롤로그   07

선록-1   17

선록-2   23

선록-3   34

완수-1   40

완수-2   47

완수-3   55

장인-1   64

장인-2   74

과수원-1   83

선록-4   94

완수-4   104

과수원-2   120

과수원-3   129

과수원-4	137
과수원-5	146
과수원-6	157
선애-1	167
선영-1	173
선영-2	177
장모-1	184
과수원-7	198
인간극장	202
과수원-8	217
폐공장-1	226
폐공장-2	252
편지	264
과수원-9	268
에필로그	272

프롤로그

　선록은 아내인 선영과 본가에 왔다. 같은 경기도지만 지리적으로 끝과 끝에 있는 선록의 본가는, 주말에는 차로 2시간에 넘게 걸려서 자주 오지는 못한다. 다만 아율이를 너무 좋아하는 어머니를 생각해서 한 달에 한 번 정도는 꼭 오려고 노력하고 있다.

　선영도 시댁에 오는 것이 나쁘지는 않은 건 시어머니가 워낙 아율이를 예뻐해 주셔서, 도착하는 순간부터 아율이는 할머니가 책임지고 봐주시기 때문이다. 이렇게 모이게 되면 음식을 해 먹고 정리하는 것도 서로 일이라서 식사는 주로 근처 식당에서 외식하거나 배달음식을 시켜서 먹는다. 그래서 그들은 이렇게 어머니 댁에 오는 날이면 가끔 둘이 외출을 하기도 하고, 장을 보며 데이트를 즐기기도 한다.

오늘도 아율이는 할머니 집에 도착하자마자 할머니 손을 잡고 놀이터로 향했고, 선록과 선영은 자연스럽게 거실에서 TV를 보며 쉬고 있었다. 한 시간쯤 TV를 보다가 흥미가 없어진 선록은 자신의 방에 남아 있는 만화책이 생각났다. 자기 방에 딸린 베란다로 나간 선록은 먼지가 켜켜이 쌓인 책들을 뒤지며 뭘 읽을까 고민했다. 그때 문득, 낡은 만화책 사이로 선록의 눈에 들어온 것이 있었다.

"어? 이게 아직도 있었네!"

선록이 찾은 것은 그가 대학생 때 항상 가지고 다니던 빨간색 로모카메라였다. 이미 그때도 디지털 카메라가 나오던 시기였지만, 디지털 사진들과는 다르게 예쁜 색감으로 사진이 찍히던 로모카메라는 불편한 필름카메라였음에도 불구하고 참 인기가 많았다.

"오랜만이네. 이게 지금도 작동을 하려나?"

선록이 오랜만에 찾은 카메라가 신기해서 한참을 조물락거리고 있는데, 선영도 TV가 재미없는지 선록의 방에 들어왔다.

"그게 뭐야?"

"나 대학생 때 맨날 들고 다니던 카메라인데, 이게 여기 아직 있더라고."

"우와, 그럼 진짜 오래된 거네? 고장은 안 났으려나?"

"아니야. 이게 원래 러시아 스파이들이 쓰던 카메라로 유명해. 그래서 진짜 내구성이 좋아. 될 거야! 이거 가지고 가야겠다."

"줘봐. 예쁘긴 하네. 뭔가 엔틱하고."

"그렇지? 또 이렇게 보니까 좀 갬성이 있어 보이네."

"이거 필름이 들어 있는데?"

"그래? 봐봐. 어 진짜네. 내가 그때 32방짜리를 많이 썼으니까, 한 10장은 남았나 보다."

"에이, 설마 되겠어?"

선록은 카메라를 눈에 가져가며 장난스럽게 대답했다.

"된다니까!"

"그게 찍히든 안 찍히든, 안에 들어있는 필름은 이미 촬영한 거니까 현상은 되지 않을까? 안에 무슨 사진들이 있을지 궁금한데?"

순간 선록의 등에 식은땀이 흐르기 시작했다.

결혼 전에 지난 앨범들을 정리하면서 혹시나 선영의 오해를 살 만한 사진들은 모두 다 버렸는데, 이 오래된 카메라에 필름이 남아있을 거라고는 생각도 못 했다. 물론 10년도 훌쩍 지난 일이고 거창한 과거랄 것도 없지만, 그렇다고 군이 끄집어낼 필요도 없었다. 선록은 아무리 머리를 굴려봐도 저 카메라 필름에 어떤 사진이 담겨있는지 도무지 생각이 나질 않았다. 저 카메라를 한창 열심히 가지고 다니던 게, 아마 홍대 클럽에 빠져서 열심히 놀러다닐 때인 것 같았다. 폼 잡으려고 클럽에 몇 번은 가져갔던 것 같고, 술 마시고 모르는 여자들과 사진을 찍었던 기억도 어렴풋이 났다.

"에이, 그게 안 나오지. 세월이 얼만데."

선록은 누가 봐도 긴장한 목소리로 어색한 대답을 했다.

"왜? 러시아 스파이 카메라라며?"

"말이 그렇다는 거지. 저거 15만 원 주고 샀어. 무슨 스파이가 15만 원짜리를 쓰냐고."

"어? 지금 뭔가 당황하고 있는데? 줘봐! 이거 현상해볼래."

선록은 아주 많이 당황했지만, 그래도 강하게 나가기로 했다. 어차피 요즘에 필름을 인화할 수 있는 곳이 없을 것이라는 확신이 있었기 때문이다.

"거기 뭔 사진이 있다고 그래! 그리고 그거 요즘 인화하는 데도 없고, 해도 비쌀 거야. 왜 쓸데없이 돈을 버려."

"어? 점점 더 이상한데?"

"뭐, 뭐가 이상해……."

"요즘 인터넷에 찾아보면 아직도 필름 현상하는 데 많아! 그럼 나 이거 현상해도 되지?"

"되는데, 그게 되겠냐고? 20년이나 된 건데……."

"뭔 또 20년이래? 점점 수상한데?"

선록은 이제 손에 땀이 차기 시작했다. 말 그대로 현상이 안 될 수도 있고, 현상이 돼도 진짜 별 게 아닐 수도 있다. 하지만 아무것도 확실하지 않은 게 너무 싫었다.

그때 마침 현관에서 선록을 살려주려고 등장한 것처럼 아율이가 엄마를 찾으며 들어왔다.

"엄마~ 엄마~ 엄마도 같이 가. 시소 타러 가!"

"그럴까? 엄마랑 시소 타러 갈까?"

"어!"

선영은 아율이를 품에 안으며, 카메라를 선록에게 건넸다. 선영은 솔직히 그 사진에 그다지 관심이 없었다. 다만 저 카메라에 대한 선록의 반응이 너무 재미있어서 조금 장난을 쳤을 뿐이다.

"알아서 하세요."

선영이 웃으며 선록에게 카메라를 건네자, 이번엔 아율이가 카메라에 관심을 가지기 시작했다. 아율이가 오래된 물건을 만지는 것이 마뜩지 않았던 선영은 서둘러 아율이를 데리고 놀이터로 나갔다.

선록은 우선 안도의 한숨을 쉬었다.

하지만 이내 바로 고민이 되기 시작했다. 이 카메라를 어떻게 해야 하지?

카메라를 이대로 본가에 두는 것은 너무 찜찜하다. 아내와 올 때마다 신경이 쓰일 것 같았다. 그렇다고 필름만 빼서 버리는 건 더 이상하게 볼 것 같다. 진짜 뭐라도 있는 거 같으니까. 그렇다고 집에 가져가는 건 더 불안하고, 통째로 없애버리는 것도 우습다. 그때 갑자기 핸드폰에서 알람이 울렸다.

[감귤!]

"이거다!"

중고로 팔 수만 있다면, 그래서 단돈 몇만 원이라도 챙기게 되면 아내에게 말할 좋은 명분이 생긴다. 게다가 팔면서 자연스럽게 필름을 빼서 버리면 아무런 문제도 생기지 않는다.

선록은 순간 자신이 천재라고 생각했다.

곧바로 핸드폰으로 사진을 찍어 감귤마켓에 올렸다. 마음이 너무 급한 나머지 본가의 동네와 자신의 동네에 모두 글을 올렸다. 당연히 오래된 수동카메라에 관심을 가질 사람이 많지 않을 것이기 때문이다. 그래서 최대한 많이 오픈하는 것이 좋다고 생각한 것이다.

[감귤!]

[감귤!]

[감귤!]

반응은 선록의 생각과는 전혀 달랐다. 자신과 비슷한 추억을 가진 사람들이 많은 건지, 아니면 진짜 아내의 말대로 아직도 이런 걸 좋아하는 사람이 많은 건지, 마음이 급해서 2만 원 헐값에 올린 게 이유인지는 모르지만, 동시에 세 사람에게 연락이 왔다. 그중에 두 사람은 선록이 살고 있는 동네였고, 나머지 한 사람은 이 동네였다. 선록은 지금 당장이라도 거래를 하기 위해 이 동네 사람에게 먼저 연락했다.

[구매 가능한가요?]

[예, 바로 가능합니다.]

[그럼 살게요. 어디세요?]

[저는 구름마을 505동이요.]

[아, 저는 515동입니다. 지금 바로 가능하세요?]

[예!]

[그럼. 노인정 앞에서 봐요.]

[예, 알겠습니다.]

선록은 순간 고민했다. 너무 가까운 사람에게 파는 건 아닐까? 혹시 어머니와 아는 사람이면 어쩌지? 이런 걱정이 생겼지만, 금세 차분해졌다. 어차피 우리 집에서 2시간이나 걸리는 거리다. 필름만 버리면 문제가 될 것은 전혀 없었다. 선록은 이런 쓸데없는 고민을 하기보다는 이 물건을 빨리 없애는 게 좋다고 생각했다.

"여기요. 안 쓴 지 너무 오래돼서 잘 작동이 될지 잘 모르겠어요."

"아, 네. 저도 어차피 쓸 게 아니라 그냥 갖고 싶었던 거라서 괜찮아요."

비슷한 또래의 남자와 쿨하게 거래를 끝냈다. 선록은 그 길로 바로 아이스크림 가게에 들러서 모두가 좋아하는 아이스크림을 가장 큰 통으로 샀다. 커다란 아이스크림을 들고 아율이가 놀고 있는 놀이터 근처로 가니, 아내가 알아보고 말을 걸었다.

"웬 아이스크림이야?"

"아까 그 카메라 팔았어!"

"팔았다고?"

"어! 혹시나 해서 감귤마켓에 올렸는데, 바로 연락이 오더라고."

"그래? 얼마에?"

"2만 원."

순간 선록은 너무 헐값에 팔아서 너무 급하게 판 티가 난 거면 어쩌지? 하는 걱정이 들었다.

"잘했네! 그 돈으로 산 거야?"

"어!"

"잘했어. 아율아, 아빠가 아이스크림 사왔네? 들어가서 먹자!"

놀이터에서 할머니랑 놀고 있던 아율이는 엄마의 소리에 신나게 달려왔다. 뒤에서 그 모습을 바라보던 선록은 안도의 한숨과 함께 아빠 미소를 지었다. 별거 아닐 수도 있겠지만, 그래도 뭔가 불안한 걸 무사히 처리했다는 사실에 안심했다.

'아! 필름 안 뺐다.'

급하게 거래하는 바람에 필름을 빼는 걸 잊었다. 하지만 상관은 없다. 어차피 모르는 사람이니까.

선록-1

심상치가 않다.

늦은 퇴근길, 선록의 옆자리에는 아내가 앉아 있고, 뒷자리 카시트에는 딸인 아율이가 잠들어 있다. 평소와 아무것도 다를 것 없는 아주 평범한 일상. 그런데 신호를 받아 기다리고 있는 그들의 차 앞에 있는 저 냉동 탑차가 이상하다.

냉동 탑차는 아주 오래된 낡은 차로 보인다. 연식도 연식이지만 언제 세차를 한 건지 온갖 먼지로 뒤덮여 있고, 원래 흰색이었던 것 같지만 지금은 회색과 베이지 중간 정도의 색으로 보인다. 타이어도 꽤 오랫동안 갈지 않은 것 같고, 짐칸 모서리나 차체 여기저기도 녹이 슨 것으로 봐서 오래 관리하지 않은 낡은차인 건 분명하다.

선록이 심상치 않다고 느끼는 건 단순히 오래된 차에 대한 편견은 아니다. 같은 차선으로 달리다 보니 지금 세 번째 같은 신호에 걸려 계속 이 차를 관찰하게 되었는데, 아까부터 짐칸 뒷문 손잡이 근처에 이상한 모양이 눈에 들어왔기 때문이다.

"저거 손자국 아니야?"

두 번째 신호에 걸렸을 때, 그 모양이 눈에 들어온 선록은 옆자리에서 쇼핑을 하고 있는 아내에게 넌지시 물어봤다.

"뭐?"

"저 앞차. 뒷문 손잡이 옆에 있는 거. 손자국 같아서."

"어? 그러네! 잠깐만. 손자국 맞는 것 같아. 다섯 줄이잖아."

"그렇지. 뭔가 이상하지?"

"근데 짐칸에 짐 싣고 그러다 보면 손자국이야 날 수 있지. 뭐가 이상해. 근데 밤에 이렇게 보니까 좀 으스스하긴 하다."

선영은 대수롭지 않게 생각하고, 하고 있던 쇼핑을 계속했다. 선영이 보고 있는 아이들 옷 쇼핑몰은 인스타그램에서 아주 유명한 곳인데, 사고 싶을 때 아무 때나 살 수 있는 곳이 아니라, 정해진 시간에 쇼핑몰을 오픈해서 준비된 물량이 다 팔리면 더 이상 살 수 없는 곳이었다. 그곳의 옷들이 워낙 선영의 취향과 잘 맞기도 하고 아율이에게도 너무 잘 어울려서, 선영은 이렇게 오픈 일정이 뜨면 며칠 전부터 손꼽아 기다리곤 했다. 그러니까 선영에게는 지금 저 차의 손자국 따위는 신경 쓸 상황이 아니다.

"이상한데⋯⋯."

선록이 저 손자국을 이상하다고 생각하는 건, 우선 다섯 개의 손가락 자국이 선명하고 길게 뻗어 있다는 점 때문이다. 마치 누군가 강제로 차 안으로 밀어 넣었을 때, 끌려들어 가기 싫어서 발버둥을 치면서 생긴 손자국처럼 보였다. 세 번째 신호에 걸렸을 때, 조금 더 차를 가까이 붙여서 보니 오른쪽 문 쪽에도 손가락 자국 같은 것들이 여러 개 있었다.

선록의 상상이 맞다면 누군가 의식이 있는 상태에서 저 냉동 탑차에 억지로 끌려 들어갔고, 그 과정에서 오른손은 문이 닫힌 왼쪽 문에 긴 손자국을 만든 것이고, 나머지 왼손은 열려있는 오른쪽 문을 잡고 버티다가 생긴 것이 아닌가 하는 의심이 생긴 것이다.

"왜 좌회전을 해? 직진해야지!"

"아! 이 시간에는 마트 앞 사거리가 많이 막히더라고, 그 성당 뒷길로 가려고."

"그래? 나 거기 싫은데⋯⋯, 너무 어두워서. 어? 떴다!"

선록은 저 차가 향하는 방향도 찜찜하게 느꼈다. 선록의 집은 경기도 외곽이라 아파트 단지를 벗어나면 보통 휑한 논이거나 공장지대다. 물론 냉동 탑차가 공장지대로 들어가는 게 이상한 건 아니지만, 밤 10시라면 얘기가 다르다. 이미 공장들은 작업이 끝난 시간이기 때문이다. 특히 선록이 지금 가고 있는 이 길은 성당을 지나가는 외길이고 그 길의 끝에는 폐공장 한 채만 남아있다. 선록은 저 차의 행선지가 궁금했다.

어느새 성당이 오른쪽에 있는 갈림길에 도착했다. 여기서 우회전을 하면 우리 아파트의 후문으로 향하는 길이다. 좌회전을 하면 성장 주차장으로 향하고, 직진을 하면 바로 폐공장으로 향한다. 선록은 속도를 줄이고 천천히 쫓아갔다.

선영은 하나씩 품절이 돼가는 사이트의 물량들 때문에 정신이 없었고, 아율이는 세상 모르고 잠들어 있다. 선록이 운전하는 손에 땀이 흐르기 시작했다. 어디로 가냐. 어디로 가냐. 어디로 가냐.

그 순간, 차가 성당 주차장으로 들어갔다.

"휴, 성당이구나."

"뭐라고?"

"어? 아니야, 아무것도."

"잠깐! 오빠 이거 너무 예쁘지? 근데 흰색도 예쁘고, 베이지도 너무 예쁜데 뭘 사야 될지 모르겠어. 금방 품절 뜰 텐데……."

"두 개 다 사! 다 입히면 되지."

"여기 비싸. 그리고 너무 비슷하잖아. 하나만 골라 봐."

"알았어. 줘봐."

선록은 아율이 옷을 봐주기 위해 잠시 차를 세워두고 선영의 핸드폰을 봤다. 이 시간에 이 길은 오는 차가 거의 없어서 뒤에 다른 차가 올 걱정은 하지 않았다. 그런데 그 냉동 탑차가 성당에 들어가지 않고 서 있는 게 보였다. 선록은 운전기사가 전화를 하나 생각하고, 다시 옷을 고르는데, 그래도 신경은 계속 그 차에 가 있었다.

그런데 그때, 갑자기 그 차가 조금씩 후진을 했다.

"어?"

그러고는 천천히 다시 직진 방향으로 차를 틀더니 폐공장으로 향하는 외길로 들어섰다.

"어? 어?"

"왜? 뭐? 괜찮은 거 있어?"

"아니! 저 차가……."

"차가 뭐! 아, 오빠! 베이지 품절이잖아! 뭐야~."

선록은 폐공장으로 향하는 외길로 사라지는 그 냉동 탑차를 보면서 온갖 상상을 하기 시작했다.

뭐지? 왜 저기로 가지? 저기는 폐공장밖에 없는데? 진짜 안에 뭐가 실려있나?

근데 그때였다. 길을 가던 냉동 탑차가 좌우로 크게 흔들렸다.

"어어! 저, 저거 봤어?"

"왜, 왜? 뭐?"

"저기 저 차, 저 차가 갑자기 이상하게 흔들렸잖아!"

"당연하지! 저기부터 비포장이잖아! 그만 좀 해! 그보다 이건 어때? 이것도 예쁜데?"

아니다. 분명히 차는 크게 좌우로 흔들렸다. 마치 짐칸에서 누가 흔드는 것처럼.

집에 돌아와서도 그 차의 손자국과 흔들림이 선록의 머릿속에서 떠나지 않았다. 분명히 짐칸에는 누군가 타 있었다. 하지만 그렇다고 해서 그가 할 수 있는 것은 아무것도 없었다. 처음부터 끝까지 모두 선록만의 상상뿐이었고 확실한 건 아무것도 없었다.

그렇게 그날의 기억은 선록의 머릿속에서 지워져 가고 있었다. 며칠 후 그 기사를 보기 전까지는 말이다.

경기도 폐공장에서 20대 여성의 변사체 발견

시체는 폐공장에 있던 워크인 냉동고에서 발견되어 정확한 사망 일시를 특정할 수는 없지만, 폐공장에 살해의 흔적이 없는 것으로 보아, 다른 곳에서 살해한 후 이곳으로 옮긴 것으로 추정

선록은 기사를 읽는 내내 숨을 쉴 수가 없었다. 기사를 다 읽었을 때, 그날의 모든 기억이 아주 생생하게 되살아났다. 그리고 그때 선록의 머리에 번개처럼 번쩍 지나가는 것이 있었다.

"그 차! 냉동 팬이 돌아가고 있었어."

선록-2

그날 밤, 선록은 잠을 이룰 수 없었다. 눈을 감으면 그 냉동 탑차 위에서 돌아가던 냉각 팬 소리가 귀에서 떠나지 않았기 때문이다. 어두운 길을 천천히 들어가던 냉동 탑차의 뒷모습, 갑자기 흔들리는 차체, 그리고 시끄럽게 들리는 냉각 팬 소리. 하얗게 피어오르던 냉기의 모습. 눈만 감으면 그 장면이 선록의 머릿속에서 영화 예고편처럼 반복되고 있었다. 선록은 결국 침대에서 나와 냉장고로 향했다. 시원한 물을 한잔 마시고 식탁에 앉아, 차분하게 생각을 정리해 봤다. 우선 분명한 것들부터 구분해보기로 했다.

1. 늦은 시간 폐공장으로 들어간 냉동 탑차.
- 그 외길에는 폐공장 밖에 없다.

2. 돌아가던 냉동 팬.
- 기억에 왜곡이 있을 수 있으나, 하얗게 피어오르던 냉기와 작지만 분명하게 들렸던 팬의 소리는 선명했다.

3. 낡은 자동차와 거기에 있던 이상한 손자국
- 손 모양과 비슷하다는 것은 아내가 확인해주었지만, 그럴 수도 있다는 반응이었다.

노트에 적어보고 나니 애매하긴 했다. 분명히 이상하다고 말할 수도 있지만, 또 별거 아니라면 별거 아닌 것들이었다. 그래서 이번에는 기사에 나온 객관적인 팩트만 정리했다.

1. 경기도 폐공장에서 20대 여성의 변사체 발견
- 저 폐공장의 위치가 우리 동네의 그 폐공장이라는 근거는 없다.

2. 폐공장 냉동실에서 발견된 시체
- 냉동실에서 발견되었다고, 꼭 냉동 탑차로 이동했다는

근거는 없다.

결론: 내가 본 것과 이 사건이 연관이 있다는 객관적인 근거는 전혀 없다.

이렇게 정리하고 나니 정신이 들었다. 냉정하게 말하면 자기만의 오해이거나 착각일 가능성이 압도적으로 높았고, 선록이 확실하다고 생각한 것들마저도 실은 사실을 왜곡하거나 확대 해석했을 가능성이 높았다. 결국 선록이 이상하다고 생각한 걸 단순히 비슷한 시기에 발생한 사건과 연관 지어 생각한다는 것 자체가 억지일 수 있었다.

선록은 찬물을 한 잔 더 마시고 다시 잠자리에 들었다. 냉정하게 생각을 정리해서였는지, 아니면 계속 신경을 쓰고 고민을 한 것이 몸을 더 피곤하게 만든 것인지는 모르겠지만, 아까 선록의 잠을 방해하던 장면들은 더 이상 떠오르지 않았다. 선록은 그렇게 푹 잠이 들었다.

다음 날 선록은 아무렇지도 않게 아침을 맞이하고 출근을 했다. 그리고 그 전날의 일들은 이미 오래전 일인 듯 전혀 생각이 나지 않았다. 신기할 정도로 머릿속에서 깨끗이 지워졌고, 여느 때와 같이 퇴근 시간이 다가오고 있었다.

그때 선영에게서 메시지가 왔다.

[오빠. 오늘 퇴근 몇 시에 해?]

[칼퇴]

[ㅇㅋ]

그렇게 한참을 대답이 없더니, 다시 메시지가 왔다.

[오빠, 나는 오늘 좀 늦거든. 아율이는 엄마가 먼저 데려간대.]

[많이 늦어?]

[아냐. 한 8시면 끝나. 근데 부탁이 있어.]

[뭔데?]

[가는 길에 3차 312동에 들려서 물건 좀 받아와 줘.]

[뭐 샀어?]

[어. 감귤마켓에 아율이가 좋아하는 책이 나와서 바로 연락했지. 내가 받아가려고 했는데, 8시면 집에 아무도 없다고 해서. 혹시 현금 있어?]

[얼마? 나 없는데.]

[27000원. 그럼 내가 오빠 퇴근 전에 줄게. 기다려.]

[알았어.]

선영은 잠시 후, 선록의 자리로 와서 돈 봉투를 주고 갔다.

"사내부부인 게 이럴 땐 좋아요."

"그렇지. 밥은?"

"팀장이랑 같이 먹기 싫어서 빨리 끝내고 간다 했어. 집에서 대충 시켜먹지 뭐."

"알았어. 나도 안 먹고 있을 테니까 같이 먹자."

"응. 최대한 빨리 갈게요. 책 상태 사진으로 보긴 했는데, 혹시 모르니까 그래도 한번 봐줘요, 돈 주기 전에!"

"예, 알겠습니다. 제가 거래 한두 번 하나요?"

선록의 확실한 대답에도 선영은 의심의 눈초리를 보내며 자신의 자리로 돌아갔다. 아율이가 태어나면서 오늘 같은 상황은 꽤 자주 있었다. 선영의 사촌들 중에 아율이보다 빠른 아이들이 많아서 육아용품 대부분을 물려받았지만, 그래도 아이를 위해 필요한 건 참 많았다. 유아용품의 특징이 원래 필요한 기간은 잠깐인데 생각보다 가격들이 비싸서, 선영은 중고로 구입하는 경우가 많았다. 특히 감귤마켓을 자주 이용하는데, 당연히 동네 주민들과 거래한다는 것에서 오는 안심과 구매한 물건을 바로 받을 수 있다는 장점이 아내를 자주 부추기는 듯했다.

다들 그러하듯이 선록 부부도 거래는 아내가 하고, 배달은 남편이 한다. 선록은 꽤 여러 번 아내의 심부름을 갔고, 많은 남편을 만났다. 재미있는 건 보통 남자들은 대부분 이 과정에서 철저히 배달부 역할만 해서 자기가 뭘 사고 팔아야 하는지도 모르는 경우가 많다는 것이다. 그나마 선록은 관심이 있는 편이라 뭘 사고 파는지, 금액이 얼마인지는 정도는 알고 거래한다. 하지만 꽤 많은 남편들은 자기가 들고 있는 물건이 뭔지, 사는 사람이 건네는 봉투에 돈이 얼마가 들어 있어야 하는지도 모르는 경우가 다반사였다.

얼마 전에는 선록에게 이런 일도 있었다. 상대방이 가지고 나온 아이 장난감을 건네 받아서 상태를 보려고 열어봤는데, 거래를 위해 나온 남편이 자신의 어머니가 아이에게 처음으로 사준 장난감이라는 것을 그 자리에서 알게 된 것이다. 남편은 바로 선록에게 정중하게 사과를 하며 거래를 취소하고는 자신의 아내에게 전화해서 소리를 질렀다.

"당신 미쳤어? 우리 어머니가 애한테 처음 사준 장난감을 팔려고 한 거야? 그것도 겨우 오천 원에?"

그 순간 선록은 손에 들고 있던 오천 원을 자기도 모르게 주머니에 넣었다.

여튼 이런 상황이 자주 반복되다 보니, 선록도 이제 다 그러려니 하며 아내 심부름을 했다.

선록은 선영이 준 봉투를 들고, 3차 아파트 312동 앞으로 가서 아내에게 전화를 걸었다.

"나 왔어."

"어, 지금 내려온대."

"응."

'또 오늘은 어떤 남편이 오려나? 나랑 비슷한 또래겠지? 뭘 파

는지는 알고 있으려나? 오늘은 내가 가격을 좀 깎아볼까?'

선록이 이런 생각을 하는 이유는 시간이 참 안 가기 때문이다. 도착했다는 연락을 하고 상대방이 내려오는 시간은 길어야 보통 5분도 안 되는데, 그 시간이 참 어색하고 길게 느껴진다. 선록도 예전에는 항상 휴대폰만 들여다보고 있었다. 그런데 언젠가 선록이 물건을 가져다주러 지하주차장에 내려갔는데, 누가 오는 줄도 모르고 무표정한 얼굴로 게임을 하던 구매자의 모습이 진짜 별로라는 걸 느끼고 난 후부터는 그 짧은 어색함을 위해 휴대폰만 보고 있는 것만큼은 하지 말아야겠다고 다짐했다.

그래서 선록은 쓸데없는 상상을 하거나 근처를 구경하곤 한다. 선록 가족이 이 아파트에 이사온 건 3년이 되었지만, 2차인 선록의 집보다 2년이나 늦게 입주가 시작된 3차 아파트는 그래도 새 건물인 티가 팍팍 났다. 어차피 같은 브랜드의 아파트다 보니 스타일이나 공간 구성이 비슷해서 별 차이는 없었지만, 그래도 선록이 이곳을 둘러보면서 가장 부러웠던 점은 아직 입주가 덜 돼서인지 아주 많이 넉넉해 보이는 주차 자리였다. 선록의 아파트는 7시만 넘어도 주차전쟁이 시작되는데 말이다.

그때, 저쪽 현관에서 어떤 남자가 쇼핑백을 들고 선록 쪽으로 걸어오고 있는 것이 보였다. 비상등을 켜놓고 서있는 차 앞에 봉투를 들고 두리번거리는 선록을 보고 그는 선록이 자신의 거래 상대라는 걸 알아본 듯했다. 조금 큰 키에 단정해 보이는 이미지를 가진 그는, 편한 반바지와 커다란 반팔 티를 입고 있었다.

그때 문득, 그의 뒤로 냉동 탑차가 눈에 들어왔다. 아주 짧은 순간이었지만 선록은 그 차가 전에 봤던 그 냉동 탑차라는 것을 알 수 있었다. 그 냉동 탑차는 현관 뒤쪽 가장 어두운 구석자리에 주차되어 있었지만, 아무리 어두워도 알 수 있었다. 선록에게 그날의 경험이 너무 강력했기 때문일 것이다.

분명 기사를 봤던 날 밤에 나름대로 정리하며 의구심을 모두 떨쳐버렸음에도 불구하고, 막상 그 차가 눈앞에 있으니 온몸이 떨려왔다. 그 남자가 선록에게 걸어오는 그 짧은 순간 등줄기에 식은 땀이 흐르기 시작했고, 이내 등이 온통 다 젖은 느낌이 들었다. 너무 긴장해서 온몸이 떨리는 듯했지만 선록의 상태가 상대에게는 크게 티가 나지 않았는지 그는 아무렇지도 않게 말을 걸었다. 너무 긴장한 선록은 거래와는 상관없는 엉뚱한 질문을 하고 말았다.

"안녕하세요. 책 상태부터 확인해보세요."

"아, 예……. 근데 혹시 저 차 주인이 누군지 아세요?"

"네?"

선록의 엉뚱한 질문에 그는 고개를 돌려서 선록이 가리키는 방향을 확인했다. 그리고 미묘하게 표정이 변하더니 대답했다.

"왜요?"

"아, 아뇨……. 그게……."

선록은 어색하기도 하고 떨리기도 해서 손에 들고 있던 봉투를 내밀었다.

"저…… 여기 돈이요."

"아, 예……. 여기요."

그 남자는 선록에게 책이 든 쇼핑백을 건넸고, 선록은 쇼핑백을 받으면서 자기도 모르게 자꾸 남자 뒤의 차로 시선이 갔다.

"책 확인 안 하세요?"

"아, 괜찮아요. 감사합니다."

"예."

선록은 빨리 이 자리를 벗어나고 싶다는 생각이 들었다. 그래서 선영의 당부와는 다르게 서둘러 거래를 끝내버렸다. 분명히 이대로 가면 사는 물건을 확인도 하지 않고 그냥 가지고 왔다고 아내에게 한 소리 들을 게 분명했지만, 그래도 지금 선록에게는 그것이 중요하지 않았다. 선록은 쇼핑백을 들고서 도망치듯 그곳을 빠져 나왔다. 주차장을 빠져나오면서 자꾸 백미러를 보는데, 남자는 그 자리에 그대로 서서 떠나가는 선록의 차를 가만히 바라보고 있었다. 그런데 마치 구석에 있는 냉동 탑차도 그와 같이 자신을 바라보고 있는 것 같았다. 너무 불안한 마음에 계속 백미러를 보며 겨우 지하주차장에서 빠져 나온 선록은 잠시 차를 길 한쪽에 세워두고 심호흡을 했다.

그때 문득, 그 차가 자기가 봤던 그 차가 맞는지 확인부터 해야겠다는 생각이 들었다. 선록은 그 차의 번호를 기억하고 있었다. 그 번호를 잊지 않기 위해 계속 되뇌었다.

"4685······ 4685······ 4685······ 4685······."

선록은 입으로 차 번호를 계속 중얼거리며, 차에 있는 블랙박스를 돌려보기 시작했다. 그 차를 봤던 게 거의 2주 전 일이기 때문에 아마도 블랙박스에 영상이 남아 있을 것이라 생각했다.

"4685······ 4685······ 4685······ 4685······."

그리고 그날의 영상을 찾았다. 영상을 앞뒤로 돌려가며 그 차를 확인하던 중 그 차가 천천히 후진을 하던 부분이 재생되었고, 차 번호가 선명하게 보였다.

"4685."

선록은 심장이 멈추는 듯했다. 그리고 그 순간 블랙박스 속 냉동 탑차는 마치 선록을 약 올리는 듯이 천천히 그 길로 들어가고 있었다.

"덜컹."

선록은 순간 소리를 지를 뻔했다. 확실하지 않다고 했던 그 차의 움직임이 너무 분명하게 찍혀 있었다. 처음에는 너무 많이 놀랐지만, 지금은 우선 확실하게 확인해볼 필요가 있다고 생각했다.

선록은 바로 차를 몰고 그 길로 향했다. 블랙박스를 보며 그 차가 덜컹거리던 구간을 똑같이 지나가 봤는데, 차는 전혀 덜컹거리지 않았다. 몇 번이나 반복해도 결과는 똑같았고, 앞뒤로 한참을 오고 가도 그렇게 덜컹거릴 만큼 움직일 만한 웅덩이나 장애물은 없었다.

"그럼 그건 진짜 뭐지?"

순간 또 선록의 머릿속에 번개처럼 스쳐가는 것이 있었다.

"왜요?"

선록이 그 냉동 탑차의 주인이 누구냐는 물음에 남자는 "왜요?"라고 되물었다. 보통 누군가 모르는 차를 물어보면, 모른다는 대답이 먼저 나오는 게 당연하지 않을까? 근데 그 사람은 왜? 도대체 왜? 왜인지가 중요한 거지?

선록은 기억을 되짚어보며 이상한 기분에 휩싸였다. 눈에 보이는 위협이 아닌, 무언가 보이지 않는 위협이 다가오는 듯한 섬뜩한 기분이었다. 선록의 온몸에 소름이 돋기 시작했다.

선록-3

선록의 집에는 차가 두 대 있다. 사내 커플인 선록 부부는 매일 같은 회사로 출퇴근을 하지만, 부서가 다르고 매번 같은 시간에 출퇴근을 할 수는 없기 때문에 차를 두 대 갖고 있다. 그래도 보통은 같이 출퇴근을 하는 경우가 많기 때문에 주로 SUV를 같이 타고 다니고, 중소형의 작은 해치백을 세컨드 카로 가끔 타고 있다.

선록이 선영의 심부름으로 3차 아파트에서 냉동 탑차를 봤을 때, 그 구매자를 만났을 때 타고 간 차는 SUV였다. 그날 이후로 선록은 왠지 SUV를 타기가 꺼려졌다. 어디선가 그가 자신을 지켜보고 있는 것 같다는 느낌이 들었기 때문이다. 특히 3차 아파트 앞을 지나게 되면 자기도 모르게 몸을 움츠리게 되었는데,

그런 모습이 선영에게도 이상하게 보이기 시작한 것 같다.

"오빠 왜 그래, 요즘?"

"뭐가?"

"아니 자꾸 이 차만 타려고 하고. 정문으로 들어가도 되는데 자꾸 후문으로 빙 돌아서 가고. 집 근처만 오면 잔뜩 긴장하는 것 같아."

"내, 내가 언제…….."

"봐, 지금도 당황하잖아. 왜 그래 진짜? 내가 생각을 해보니까, 오빠가 중고 거래 때문에 3차에 다녀온 날부터 뭔가가 좀 이상한 거 같은데, 뭐야? 3차에서 헤어진 첫사랑이라도 만난 거야?"

선록은 선영의 추측이 너무 어이가 없어서 허허 하며 헛웃음이 나왔다.

"웃어? 지금 이게 웃긴 일이야? 도대체 왜 그래, 어?"

선록은 순간 차라리 그런 거였으면 좋겠다고 생각했다. 선록은 이게 스릴러가 아니라 로맨틱 코미디라면, 아니 차라리 막장이어도 좋으니 이런 불안과 공포만 없으면 좋겠다는 생각이 간절했다.

"아 그게, 별건 아닌데……. 그때 내가 말한 냉동 탑차 있잖아."

"냉동 탑차?"

"어, 그때 손자국이 나 있는 것 같다는 거."

"그때 과수원 들렀다가 늦게 오던 날 본 거?"

"어 그래. 그거."

"그게 왜?"

"그 차를 봤거든. 3차에서."

"뭐, 그럴 수도 있지. 같은 동네니까."

"근데, 그게 당신이 중고 거래한 그 사람……."

그 순간 선록의 머릿속에 더 큰 걱정이 생겨났다. 그는 선록의 차를 봤다. 그런데 그전에 선록과 거래를 했다. 그 얘기는 그가 선영과 연락을 했다는 것이고, 그럼 어쩌면 그가 우리 집이나 우리 가족에 대해 알고 있을 수도 있다는 말이 된다. 순간 소름이 돋았다.

"당신! 혹시 그 3차랑 중고 거래한 거, 개인 휴대폰으로 연락한 거야?"

"아니. 누가 중고 거래를 휴대폰으로 해. 앱 채팅으로 하지."

"아 그래? 그럼 혹시 당신이 예전에 올려서 판 거 중에, 당신 번호 오픈 된 건 없었지?"

"어, 당연하지. 근데 그건 또 왜?"

"아니야. 그래도 혹시 모르니까 좀 확인해 봐."

"어, 알았어."

선영은 갑자기 심각해진 선록의 표정에 당황했는지, 순순히 본인 게시글들을 살펴봤다. 선록은 순간 단순히 그가 자신의 차를 봤다는 정도의 문제가 아니라는 생각이 들었다. 하지만 지금 그 누구에게도 이 상황을 설명하고 도움받을 수 없다. 같은 상황 속에 놓인 아내도 '이상하긴 하지만 별거 아니다, 그럴 수 있다'고 말한다. 설사 경찰서에 가서 신고한다고 해도 아무도 믿어주지 않을 가능성이 높다.

선록은 앞으로 무엇을 어떻게 해야 할지 고민스러워졌다.

'지금부터 이 상황을 어떻게 풀어야 할까. 아내조차 믿지 못하니 이사도 갈 수 없고, 아내에게 감귤마켓을 탈퇴하라고 말할 수도 없다. 그가 무엇인가를 노린다면 우리는 피할 방법이 없다. 그렇다면! 내가 먼저 알아내야 한다. 그가 누구인지! 무슨 짓을 했는지! 그리고 앞으로 무슨 짓을 할 건지! 차분하고 냉정하게 그에 대한 정보와 사건에 대한 증거들을 모아야 한다. 과연 할 수 있을까? 나 혼자? 지금 이대로?'

뭘 할지 정하고 나자 의욕은 생겼지만 자신은 없었다. 선록은 자신에게 조력자가 필요하다고 생각했다. 자기 말을 믿어주고, 자기 행동에 힘을 실어줄 사람.

"근데 그 사람이 이상했어? 책은 깨끗하고 좋던데?"

"아니야. 뭐, 그냥 좀 이상한 게 있어서."

"원래 이상한 사람 많아. 얼마 전에 제부도 이상한 사람 만났다고 했어."

그래 맞다, 동서. 지금 이 상황을 충분히 이해해주고 함께 고민해줄 사람. 이 상황에서 동서 이상의 적임자는 있을 수 없었다!

선록의 동서는, 그러니까 선영의 여동생 선애의 남편인 완수는 국내 최고의 대기업에 다니며 그 안에서도 꽤나 능력을 인정받고 있는 듯하다. 감도 좋아서 그가 얼마 전에 처제와 가족의 반대에도 강하게 밀어붙여 산 아파트는 6개월 만에 집값이 2배가 되었다. 단순히 경제 감각이 좋다기보다는, 그만큼 동서는 정보를 수집하고 분석하여 결과를 도출하는 데 우리와 다른 통찰력이 있다.

지금 이 순간 선록이 완수를 떠올린 건 단순히 그의 직업이나 감 때문만은 아니다. 완수는 감귤마켓 거래를 좋아한다. 처조카의 수많은 육아용품뿐만 아니라 각종 생활용품도 감귤마켓을 통해 저렴하게 사거나 팔고 있다. 심지어 마치 주식 매매처럼 활용해서 수익을 만들기도 한다.

선록은 지금 완수가 필요하다고 생각했다. 지금 그의 상황이 자신의 정보 노출은 최소화하며 거래를 통해 최대한 많은 정보를 수집해야 한다고 생각했기 때문이다. 그 역할에 완수보다 적합한 사람은 경찰에도 없을 것이다. 선록은 완수가 자신이 가진 의문점에 분명히 흥미를 느낄 것이고, 앞으로 선록이 해야 할 일들에도 큰 도움이 될 거라 확신했다. 완수도 선록만큼이나 가족의 안전에 큰 책임감을 가지고 있는 사람이라는 것을 알고 있기 때문이다. 선록은 방으로 들어가 완수에게 전화를 했다.

"여보세요? 형님? 무슨 일이세요?"

"어, 동서. 내가 좀 할 말이 있는데, 내일 시간 있어?"

"예? 시간은 되는데, 무슨 일 있으세요?"

"별건 아니고 그냥 내가 조언을 구할 게 있어서……."

"아, 예. 그럼 어디서 뵐까요? 저희 집으로 오실래요?"

"아냐. 내가 내일 과수원에 들를 일이 있는데, 그쪽으로 올래? 내가 치킨 좀 사갈게."

"네! 그럼 오랜만에 치맥이나 하시죠. 내일 뵐게요."

"그래, 고마워. 쉬어."

선록은 내일 완수를 만나기 위해 과수원에 가기로 했다. 그리고 선록이 완수와의 약속을 과수원으로 잡은 이유는 또 하나가 있다.

완수-1

　완수는 오늘도 눈을 뜨자마자 감귤마켓 앱을 켰다. 아침에 눈을 뜨면 완수는 자연스럽게 감귤마켓에 들어가 밤새 새롭게 등록된 물건들을 살핀다. 보통 잠들기 전까지도 물건들을 둘러보기 때문에 새로운 물건이 많지는 않다. 다만 새벽에 올리는 건 즉흥적으로 올리거나 급하게 올리는 경우가 많은데, 많은 사람에게 노출되지 않아서 이 시간에 좋은 물건을 많이 잡는 편이다. 이 시간에 물건을 올리는 사람들은 시세보다 저렴한 가격에 올리면서도 물건이 팔리지 않을까 불안해하는 경우가 많다. 그래서 아침에 채팅을 걸면 판매자는 반가운 마음에 거래를 더 쉽게 진행한다. 게다가 그 시간의 채팅은 출근시간이라 완수도 바쁘지만 그들도 정신 없는 시간이기 때문에, 거래에 온전히 집중하지 못하는 경우가 많다. 그래서 그때 가격을 흥정하는 것이 훨씬 더 잘 먹힌다. 그러다 보니 완수는 감귤마켓을 시작한 이후에 기상시간이 30분 정도 빨라졌다.

완수는 기본적으로 필요에 의한 거래를 하는 편이다. 싸고 좋은 물건이라고 무조건 사는 것이 아니라, 자신이 필요한 물건이나 쓸 수 있는 것들을 산다. 그래서 그가 알림 등록을 해놓은 키워드들은 육아용품과 콘솔게임이다. 다만 그런 물건을 사기 위해 감귤마켓을 유심히 살펴보다 보면 의외의 대박 상품들이 보이기도 그런 경우에는 자신의 감을 믿고 빠르게 거래를 하는 편이다. 예를 들면 구매한 지 5년이나 된 안마의자지만 사용감이 거의 없고, 모든 기능에 이상 없는 제품이 45만 원에 올라오는 경우다. 물론 이 게시물에는 업체를 통해서 이전할 경우 이전비용이 20만 원이 추가된다는 조건이 붙어 있었지만, 완수는 고민할 필요도 없이 바로 거래에 들어 갔다.

[저 혹시 안마의자 구매 가능할까요?]

[예. 가능합니다.]

[그럼, 제가 실은 처갓집에 놔드리고 싶은데, 이전 비용까지 생각하면 가격이 좀 부담이 돼서요. 가격 조정을 좀 해주실 수 있을까요?]

[아……, 근데 저희가 이게 진짜 거의 안 쓴 거라서요.]

[예, 사진 보니까 상태는 정말 좋은데 좀 오래된 모델이긴 하

더라고요. 그래도 제가 정말 맘에 들어서요. 아내는 계속 괜찮다고 하는데, 제가 꼭 사드리고 싶거든요.]

[음……. 그럼 제가 5만 원 빼서 40만 원에 드리면 될까요?]

[정말 감사한데요. 딱 35만 원에 주시면 제가 쿨거래로 바로 구매할게요. 오늘 바로 가져갈 수 있어요.]

[아, 예……. 알겠습니다.]

완수는 그렇게 거래를 마치고 나서 바로 장인어른 장모님을 모시고 그 집으로 향했다. 쿨거래를 한다고는 했지만, 안마의자는 실제 기능도 확인해야 하고 사용하실 분들이 불편하진 않은지 직접 사용을 해봐야 하기 때문이다. 다행히 어르신들은 아주 마음에 들어 하셨고, 그 자리에서 바로 장인어른과 안마의자를 해체해서 가지고 왔다.

완수는 이 거래에서 나름의 전략이 있었다.

첫째, 안마의자의 경우 제품의 연식도 중요하지만 얼마나 사용했는지가 관건이다. 안마의자나 운동기구들은 보통 처음에는 신나게 사용하지만 시간이 지나면 지날수록 점점 관심에서 멀어져 애물단지가 되는 경우가 많다. 그래서 연식에 비해 사용감이 없는 제품들이 많이 올라온다. 따라서 연식은 오래되고 사용감이 없는 제품을 눈여겨본 것이다.

둘째, 안마의자는 이전 비용이 센 편이다. 판매자 대부분은 이전비를 제외하고 가격을 제시한다. 그래서 판매가는 아주 저

렴해 보이지만, 막상 지출하는 비용은 만만치 않다. 그렇기 때문에 가격을 협상을 할 때 판매자에게 이전 비용을 어필한 것이다.

셋째, 안마의자를 파는 사람은 이미 그 안마의자가 아주 큰 애물단지인 경우가 많다. 쓰지도 않는 이 커다란 물건이 거실이나 방에 떡 하니 놓여 있으면 집도 좁아 보이고 여간 불편한 것이 아니다. 그래서 그들은 심리적으로 이 물건의 제값을 받아야겠다는 마음보다 빨리 치워버리고 싶다는 마음이 더 크다. 그래서 빠르게 거래하겠다는 말, 오늘 당장 가지고 가겠다는 말이 아주 잘 먹히는 방법인 것이다.

결과적으로 10만 원을 깎았고, 거래가 완료되자마자 유튜브를 통해 해체 방법을 알아봐서, 20만 원의 이전 비용도 세이브했다. 물론 이건 장인어른께서 옮기는 걸 도와주시고 1톤 트럭까지 가져와주셨기 때문에 가능한 것이기는 했다. 완수는 그렇게 아주 저렴한 가격에 안마의자를 사서 처갓집에 선물할 수 있었다.

완수는 감귤마켓을 통해 다양한 거래들을 하면서 즐거움을 느낀다. 특히 좋아하는 콘솔게임을 거래할 때는 더욱 그렇다. 보통은 또래 남자들이 젊은 시절의 취미생활을 이어가다가, 결혼과 육아로 판매하는 경우가 많다. 그런데 그런 남자들은 대부분 자신이 가지고 있는 물건의 시세를 열심히 알아보고 파는 것이 아니라, 자신이 생각하는 적당한 가격에 대충 넘겨 버리는 경우가 대부분이다. 그래서 가끔 말도 안 되게 싼 가격에 올라오는 경우가 있는데, 그런 순간이 완수 같은 사람에게는 아주 중요한 기회가 된다. 완수는 거래 경험이 많아 그런 물품의 시세를 잘 알고 있고, 가치를 더 높일 수 있는 방법도 알고 있다. 그래서 그런 물건들로 새로운 수익을 만들기도 한다.

완수는 지난 주에도 40만 원 정도에 거래되는 게임기가 게임팩 6개까지 포함해서 35만 원에 올라온 물건을 발견했다. 당연히 보자마자 연락을 했고, 그날 바로 제품을 받아왔다. 그렇게 횡재를 한 완수는 게임기를 업데이트해서 45만 원의 가격에 다시 재판매를 했고, 게임팩은 따로 판매해서 15만 원을 받았다. 결국 35만 원에 구매한 제품을 60만 원에 판매할 수 있었다. 이렇게 감귤마켓은 완수에게 게임보다 재미있고 주식보다 쏠쏠한 취미였다.

완수는 오늘도 아내의 거래 심부름을 갔는데, 지난 주에 게임기를 35만 원에 판매한 그 사람을 다시 만났다. 감귤마켓을 하다 보면 충분히 일어날 수 있는 일이다. 어차피 같은 동네에서 이웃끼리 거래를 하는 거니까. 가끔 이런 일도 있다. 그 남자를 만날 때만 해도 이상하다는 생각은 하지 못했다.

"어? 안녕하세요?"

"아! 안녕하세요."

처음에는 그저 반가웠다. 그도 반가워하는 눈치였다.

"이제 단골이시네요."

"그러네요. 근데 오늘은 아내 심부름으로 나온 거라 살 물건이 뭔지도 몰라요."

"하하하 보통은 그렇죠. 애들 방방이예요. 저희 아이는 이제 잘 안 가지고 놀아서요."

"아 네, 여기 돈이요. 잘 쓰겠습니다."

간단히 이야기를 하고 거래를 마쳤다. 방방이를 챙겨넣는데, 그 남자와 함께 온 여자가 그를 불렀다.

"오빠? 팔았어?"

"어, 여기."

"잘됐네. 저번에 지훈이 방에서 그거 밟고 넘어질 뻔했다니까?"

그 남자는 우리가 예전에 어디서 거래를 했는지 기억하지 못한 듯했다. 그때 그는 아파트에서 내려온 것이 아니라 차에서 내려 게임기를 건넸기 때문일 것이다. 그와의 첫 거래는 완수가 사는 아파트 단지에서였다.

완수는 저 남자의 아내를 알고 있다. 아이를 어린이집에 데려다줄 때 몇 번 마주치고 인사를 한 적이 있기 때문이다. 당연히 저 남자의 아이도 알고 있다.

그런데 두 번째 거래를 한 이곳은 동네 근처 다른 아파트 단지다. 방금 저 남자에게 오빠라고 부른 여자는 완수가 아는 그의 아내도 아니다. 그리고 그 여자가 말한 아이의 이름도 완수 딸의 친구 이름이 아니다.

그제야 완수는 이 상황이 뭔가 이상하다는 걸 눈치챌 수 있었다.

그들은 자연스럽게 다시 아파트로 올라갔고, 완수는 그 자리에서 멍하니 서 있었다.

"이건 뭐지……?"

TV에서 비슷한 일을 볼 때는 세상에 이런 일도 다 있네 싶었는데, 막상 바로 주변 사람의 일이라고 보니 너무 당황스러웠다. 돌아가서 주차를 하는데, 휴대폰 알람 소리가 들렸다.

[감귤!]

감귤마켓 앱을 여니 방금 거래한 그 남자에게서 메시지가 와 있었다.

[안녕하세요. 아까는 반가웠습니다.]

완수는 무슨 대답을 해야 할지 아무런 생각도 나지 않았다.

[저 드릴 말씀이 있어서요. 잠시 뵐 수 있을까요?]

완수는 순간 양손에 땀이 나기 시작하는 것을 느낄 수 있었다.

완수-2

완수는 그 남자의 메시지에 뭐라고 대답을 해야 할지 고민스러웠다.

'자기 비밀을 눈치챈 걸 안 걸까? 아님 그냥 진짜 할 말이 있는 걸까? 근데 그 남자랑 나 사이에 무슨 할 말이 있지? 내가 그 남자의 가족들을 알고 있는 것처럼, 그도 나의 존재를 알지도 모른다. 그렇다면 그게 무슨 의미인 것일까?'

[예? 무슨 일이신데요?]

[뵙고 말씀 드리는 것이 좋을 듯한데요. 혹시 지금 시간 되시나요?]

[죄송하지만 제가 밖에 나와 있어서요.]

[실례가 안 된다면 언제쯤 뵐 수 있는지 여쭤봐도 될까요?]

[아…… 언제 들어갈지는 잘 모르겠네요.]

[그럼 들어오실 때 연락 주세요. 제가 405동 쪽으로 갈게요.]

[아, 예. 알겠습니다.]

완수는 자신도 모르게 정신 없이 답을 하다가 약속을 잡아 버렸다. 그를 만나서 무슨 이야기를 해야 할지, 어떤 표정을 지어야 할지, 아무것도 정하지 못한 채 405동으로 걸어가며 앱을 통해 연락했다.

"405동?"

그가 나오겠다고 한 장소인 405동은 완수의 집이다. 그는 알고 있다. 완수가 405동에 살고 있다는 것도, 완수가 누구의 아빠인지도. 어쩌면 완수가 무엇을 알고 있는지도 알고 있을 것이다. 완수는 아무리 생각해도 자신이 잘못한 건 하나도 없는데, 죄인이라도 된 것처럼 심장이 빨리 뛰기 시작했다.

그렇게 뛰는 심장을 다스리지도 못한 채 멀리 놀이터 근처에서 완수를 기다리고 있는 그 남자의 실루엣을 발견했다. 그는 완수를 등지고 가로등 앞에서 담배를 피우고 있었는데, 늦은 시간에 가로등 앞에서 뿌연 담배연기를 뿜어내는 그의 뒷모습은 어느 영화에선가 본 듯한 익숙한 장면처럼 느껴졌다. 그리고 그는 정말 영화 속 등장인물처럼 천천히 완수를 향해 뒤돌았고, 그 모습은 완수에게 마치 슬로우 모션처럼 느껴졌다. 그는 표정을 알 수 없는 모습으로 완수에게 다가왔고, 표정의 디테일이 보이지 않아서 그가 들어올린 손도 반가움의 표시인지 완수를 위협하려는 건지 알 수가 없었다. 그가 점점 더 가깝게 다가오자 완수는 그의 웃고 있는 표정을 선명하게 볼 수 있었다.

"안녕하세요. 늦은 시간에 죄송합니다."

"아니에요. 근데 무슨 일이시죠?"

"아, 저 그게 말이죠……."

남자는 순간 말을 끌었다. 그리고 그 정적은 실제로 그리 길지 않았겠지만, 완수에게는 몇 시간처럼 아주 길게 느껴졌다.

"제 게임기를 다시 파셨더라고요. 그것도 아주 많이 더 비싸게요."

"예? 아, 예……."

맞다. 완수가 그를 처음 만난 건 그 게임기 거래였고, 수익을 꽤 남겼다. 그가 알았다면 분명히 완수에게 화가 날 수도 있는 상황이기는 하다. 순간 마음이 놓였다. 불안해했던 것보다는 쉬운 문제였기 때문이다.

"제가 너무 시세를 몰라서 급하게 올렸는데, 그게 그렇게 비싸게 받을 수 있는지는 정말 몰랐네요."

"아, 저 그거는 그러니까요."

"뭐라고 하려고 만나자고 한 것은 아닙니다. 돈을 돌려달라는 것도 당연히 아니고요."

"저 그럼, 무슨 일로?"

"지난번에 판 건 제가 저희 집에서 하던 걸 판 거고요. 실은 그것보다 가지고 있는 게 좀 더 있거든요. 그것도 팔려고 하는데, 지난번처럼 그냥 올리는 게 아니라 그쪽한테 시세도 좀 알아보고, 더 비싸게 팔 수 있는 법도 좀 배우려고요. 물론 본인이 원하면 대신 팔아주셔도 되고요. 제가 수수료를 좀 드릴 수도 있고요."

"예? 수수료요? 파실 게 그렇게 많아요?"

"게임기도 많고, 태블릿이랑 노트북도 있어요. 운동용품이랑 낚싯대도 좀 있거든요. 근데 낚시용품은 진짜 시세를 모르겠더라고요."

"근데 제가 거래를 잘한다고 해서 막 20~30%씩 차이가 나는 건 아니라서요."

"제 거는 꽤나 많이 남기셨던 데요."

"그런 경우는 흔한 게 아니라서……."

"그러니까요. 제가 그렇게 바보짓만 안 해도 손해는 아니잖아요?"

완수는 모든 걱정과 근심이 다 사라졌다. 자신이 걱정하던 것과는 다르게, 자신이 좋아하는 중고거래에 대한 이야기들만 나오고 있으니 말이다. 그런데 완수는 순간 이런 생각이 들었다.

'굳이 왜 나한테 이런 걸 부탁하지?'

"근데 그 좋아하시는 걸 다 파시려고요? 사는 데도 꽤 많이 쓰셨을 텐데요."

말을 들은 남자의 눈빛이 달라지는 걸 느꼈다.

"제가 이제 시간이 없어서요. 일도 더 생기고, 아이랑 보내는 시간도 부족해서요."

완수는 다시 이 자리에 나오면서 느꼈던 불안함이 다시 피어나기 시작했다.

"아…… 예."

"아영이 아버님도 이해하시잖아요. 애들한테 얼마나 손이 많이 가는지……. 이제 제가 내려놔야죠."

늦은 시간. 지금 이곳의 조명. 그리고 그 남자의 얼굴에 드리워진 그림자. 왜 그런지 몰라도 완수는 지금 협박을 당하고 있는 것처럼 느껴졌다.

"아영이 아버님?"

"네?"

"제가 내일 다시 연락 드릴게요. 지난번에 제가 팔았던 그 게임기가 하나 더 있거든요. 그것부터 부탁을 좀 드릴게요."

그가 완수에게 판매할 물건의 정보를 주면, 완수가 글을 올리고 흥정을 하고, 거래는 그가 알아서 하기로 했다. 아주 간단한 역할만 해주고 거래 금액의 10%를 받는 일이다. 완수가 보기에 그 제안을 거부할 이유가 없었다.

"저 아영이 아버님, 근데 비밀인 거 아시죠? 아무도 몰랐으면

해서요. 특별히 부탁드립니다."

"아, 그럼요."

"저는 아영이 아버님께서 잘 지켜주실 거라고 믿습니다."

"아……."

그는 완수에게 이렇게 말하고 나서 돌아가려고 했다.

완수는 그때 문득 이런 생각이 들었다.

'저 사람 지금 미친 거 아냐?'

완수가 좀 걸리는 게 있다면 저 남자가 먼저 말했던 게임기를
다시 판 것. 물론 그렇게 좋은 행동이라고는 할 수 없겠지만, 엄
밀히 따지면 불법도 아니고 문제될 건 없다. 다만 판 사람만 억
울한 일이겠지.

완수는 저 남자가 게임기를 되판 일에 대한 완수의 미안함과
자신의 물건을 파는 걸 대행해주는 수수료로 자신의 입을 막으
려고 하고 있다는 생각이 들었다. 완수는 돈으로 따지면 고작
몇만 원에 불륜의 비밀을 숨겨주는 공범이 된 것 같은 불편한
기분이 들었다.

"저기요, 가온이 아빠."

"예?"

"저, 이거 안 해요."

"예?"

"안 한다고요. 본인 거래는 본인이 하는 게 좋겠네요. 저는 그

냥 제가 재미있어서 거래를 하는 거지, 이걸로 돈벌이 하려는 건 아니거든요."

"무슨 오해를 하시는……."

"지금 본인에게 싸게 사서 다른 사람한테 되파는 걸 문제 삼고 싶으신 건지는 모르겠는데요. 가온이 아빠의 물건을 제가 깎아달라고 졸라서 산 것도 아니고, 제가 산 물건을 제가 다시 판 게 문제될 건 없을 것 같네요."

"저기요."

"아니요. 끝까지 들으세요. 저는 가온이 아빠가 어디서 뭘 하고 다니는지, 전혀 관심이 없어요. 그러니까 제가 수수료에 혹해서 가온이 아빠의 그 알량한 비밀을 지켜줄 거라고 생각하신 거라면 사람 잘못 보셨다는 말이예요."

"저기요. 아영이 아버님, 제가 실은……."

"무슨 사정이 있는지, 어떤 상황인지 저는 궁금하지 않습니다. 이 늦은 시간에 저를 불러내서 뭔가 상황을 바꿔보시려 한 것 같은데, 상황은 확실하게 바뀐 것 같네요. 저는 더 이상 그쪽 말을 듣고 싶지 않고요. 향후 제가 어떤 행동을 취할지도 굳이 말씀드리고 싶지 않습니다. 그럼 또 뵐 일이 없었으면 합니다."

완수는 그렇게 욱한 마음을 차분하고 냉정하게 쏟아내고 돌아왔다. 완수가 그 남자에게 이렇게까지 한 이유는 고작 돈으로 어찌해보려고 했다는 사실에 자존심이 매우 상한 것도 있었고,

그보다는 자신의 아이 이름을 들먹이며 협박하려고 한 게 아주 기분 나빴기 때문이다.

아마 그는 오늘부터 한참 동안 불안해할 것이다. 그리고 어쩌면 그가 먼저 뭔가 행동을 취할 수도 있을 것이다. 하지만 중요한 건 이제 더 이상 그 남자는 완수와 상관없는 사람이라는 점이다. 완수는 오늘의 해프닝을 잊으면 그만이라고 생각했다.

그리고 완수가 그 남자에게 다시 연락을 받은 것은 한 달이 지난 뒤였다.

완수-3

그날 점심시간에도 완수는 평소처럼 사무실 의자에 편하게 기대앉아 감귤마켓을 뒤졌다. 요즘은 새로 계약한 차가 나오면 아이와 캠핑을 다니려고 캠핑용품을 관심 있게 보고 있었다. 점심시간이 거의 끝나갈 때쯤 완수가 찾던 타프 텐트를 발견했다. 고민할 것도 없이 바로 채팅을 걸었다.

[타프 텐트 거래 가능할까요?]

[예, 가능합니다.]

[사진처럼 크게 문제될 만한 흠이나 훼손은 없는 거죠?]

[예, 한두 번인가 쳐봤어요.]

[그런데 혹시 가능하시면 가격조정이 좀 가능할까요? 제가 생각한 거보다는 좀 가격이 높아서요.]

[음, 그럼 우선 보고 말씀하시죠. 저희 집에서 대충 쳐볼 수 있으니까요.]

[예?]

[제가 사진으로 올리기는 했지만, 그래도 한번 펴보셔야 하지 않겠어요? 진짜 거의 새것인데, 좀 걸리는 부분이 있으면 네고 해드릴게요.]

[아, 예. 우선 알겠습니다. 그럼 언제 어디로 가면 될까요?]

[가능하시면 저는 오늘이 좋습니다.]

[그럼 주소 찍어주시면 제가 퇴근길에 찾아뵐게요.]

[알겠습니다.]

완수는 그렇게 타프 텐트를 예약하고 퇴근시간을 기다렸다.

아직 차가 나오지도 않았고, 지금 사는 타프 텐트 말고는 캠핑장비가 하나도 없지만, 그래도 뭔가 마음이 설레기 시작했다. 캠핑을 가서 아이가 좋아할 것을 생각하니 벌써부터 기분이 좋아진 것이다. 완수는 퇴근시간이 되자마자 뒤도 안 돌아보고 바로 거래할 곳으로 향했다. 조금 의아한 것은 완수네 동네가 신도시고, 대부분 아파트밖에 없는데, 보내준 주소지는 아파트 단지가 아니었다는 것이다. 보통 아파트가 아니더라도 아파트 단지와 가깝게 있는 다세대주택이나 빌라인 경우가 많은데, 완수가 향한 방향은 그마저도 아닌 것 같았다. 아직은 어두워질 시간도 아니고 집과 아주 먼 곳도 아니다 보니 큰 걱정은 없었지만, 그래도 불안한 마음이 들기는 했다.

내비게이션에 남은 거리가 1킬로미터라고 나왔을 때, 완수의 차는 좁은 산길로 들어서고 있었다. 다행히도 비포장도로는 아니었지만, 차가 많이 다니지는 않을 것 같았다. 그렇게 좁은 길을 들어가다가 코너를 돌아보니 타운하우스 단지가 있었다. 꽤 유명한 가수 인쇄되어 있는 현수막이 걸려 있었는데, 현수막이 빛바랜 걸 보니 최근에 생긴 곳은 아닌 것 같았다. 원체 완수네 동네는 아파트 단지가 많은 곳이었고 완수도 부동산에 관심은 많았지만 주로 아파트에만 관심이 있었기 때문에, 이런 곳에 타운하우스가 있는 줄은 몰랐다. 그래도 근사해 보이는 비슷한 집들이 쭉 나열되어 있는 모습을 보니 불안하던 마음이 좀 놓였다.

완수는 내비게이션이 도착지라고 알려주는 집 앞에 섰다. 그리고 바로 감귤마켓을 통해 채팅으로 말을 걸었다.

[저 도착했습니다.]

잠시 후 바로 답장이 왔다.

[그럼 앞에 현관문 왼쪽으로 돌아오시면 제가 보일 겁니다. 제가 미리 텐트 쳐보고 있습니다.]

판매자의 말대로 차에서 내려 현관문 옆으로 이어져 있는 길을 따라 건물 뒤쪽으로 들어갔다. 들어가 보니 그곳에는 아주 크지는 않지만 대형 타프 텐트 하나 정도는 칠 수 있을 정도의 작은 정원이 있었다. 그리고 그곳에는 완수가 감귤마켓에서 사

진으로 본 그 타프 텐트가 쳐 있었다. 텐트는 사진에서 보던 것
보다 훨씬 근사해 보였다. 원래 계획은 이런저런 핑계를 대고 2
만 원 정도는 가격을 깎아보려고 했지만, 완수의 지금 마음은
그냥 다 주고 사도 후회하지 않을 것 같았다. 기분 좋게 텐트를
둘러보고 있는데 텐트 안쪽에서 사람이 나왔다.

"어?"

"안녕하세요. 또 뵙네요."

텐트 안에서 나온 사람은 완수가 한 달 전에 만났던 그 불륜
남이었다. 전에 만나 이야기한 뒤로는 완수와 더 이상의 소통이
없었는데, 그 사람을 여기서 만난 또 만난 것이다. 이건 또 무슨
상황인 거지?

"어, 어……."

"인연인가 보네요, 우리가."

완수는 지금 이 상황이 우연인지 계획적인 것인지 알 수 없
었다.

완수는 그뒤로도 아이디를 바꾸지 않았으니 저 남자는 당연
히 완수의 아이디를 알고 있을 것이다. 저 남자는 다른 아이디
를 썼기 때문에 완수는 알 수가 없었다. 분명히 이 상황을 그가
의도적으로 만들었다고 하는 건 억측이다. 그 이유는 바로 완수
가 구매자이기 때문이다. 즉 이 상황을 저 남자가 만들고 싶다
고 해도 완수의 구매의사까지는 그가 어찌할 수 없다는 말이다.

그동안 완수는 주로 육아용품과 게임용품들만 주로 거래했으니, 그런 완수가 갑자기 캠핑용품에 관심을 가질지는 그가 절대 알 수 없는 영역이다. 따라서 이 상황은 우연이다.

다만 정말 우연이라고 하더라도 완수의 아이디를 기억하고 있었다면, 텐트를 사려고 연락한 사람이 완수라는 것을 알고 있었을 것이다. 더 시간을 거슬러 보면, 완수가 말을 걸었을 때부터 이 상황을 위해 완수를 이곳으로 유도했을 가능성도 있다는 말이 된다.

"텐트부터 볼게요. 거래하러 온 거니까."

"예, 좋습니다."

완수는 말없이 텐트를 둘러보기 시작했고, 그도 역시 완수를 따르며 아무 말이 없었다. 완수는 분명히 눈으로는 텐트를 살폈지만, 모든 신경은 그에게 쏠려 있었다. 그도 완수의 뒤를 따라오면서도 아무 설명이나 대화도 없었다. 그저 완수의 눈치를 보는 듯했다. 그렇게 텐트를 다 둘러보고 나서 어색해하는 완수에게 그가 먼저 말을 걸었다.

"맘에 드시면 좀 빼드려요?"

"아니요. 그냥 살게요. 좋네요."

"멀리까지 오셨는데, 2만 원만 빼드릴게요."

"멀긴요. 가깝던데요. 괜찮습니다."

"별일이 다 있네요. 그럼 만 원만 빼드릴게요."

"아, 예. 그러시던가요."

완수가 중고거래를 하면서 이런 대화를 나눠본 적은 처음이었다. 파는 사람은 깎아주겠다고 하고 사는 사람은 괜찮다고 하고. 이 비정상적인 대화는 어쩌면 비정상적인 만남에서부터 시작된 것일지 모른다고 완수는 생각했다.

여하튼 완수는 준비해온 돈에서 만 원을 빼서 그에게 건넸고, 그는 굳이 세보지 않고 주머니에 넣었다. 그리고 둘은 또 별말 없이 함께 텐트를 함께 접었다. 그때 해는 점점 지기 시작해서 예쁜 노을을 만들고 있었지만, 완수는 풍경 따위에 전혀 신경이 쓰지 않을 만큼 온통 그에 대한 생각으로 가득 차 있었다. 그리고 텐트를 거의 다 접어갈 때쯤 정원으로 연결되어 있는 문에서 한 여자가 음료수를 들고 나왔다.

"저 음료수 한 잔씩 드시고 하세요."

"감사합니다."

완수는 마침 목이 마르던 참이라 누군지 확인도 하지 않고, 음료수부터 받아 마셨다. 아니 어쩌면 이 숨 막히는 상황을 갈증으로 착각하고 있었는지도 모르겠다. 그렇게 허겁지겁 음료수를 다 마시고 나니, 그제서야 그 여자가 눈에 들어왔다.

"드디어 파네요. 진짜 큰맘 먹고 산 거였는데."

"뭐 쓸 일이 없으니까 파는 게 낫지."

"그래요. 어차피 앞으로 쓸 일도 없는데요."

저 여자는 완수 딸의 친구 엄마는 아니다. 그렇다고 완수가 지난번에 다른 아파트에서 봤던 그 여자도 아니다. 그런데 저 둘은 또 너무 다정해 보인다.

뭘까? 완수는 갑자기 이 남자의 삶이 궁금해지기 시작했다. 완수가 아는 것만 해도 이 남자에게는 세 명의 여자가 있다. 그리고 모두 그저 바람을 피우는 정도가 아니라 각자의 주거지를 가지고 있다. 일방적인 완수만의 추측일지 모르지만 적어도 이 남자는 세 집 살림을 하고 있다는 뜻이다. 도대체 이게 가능한 일인가? 심지어 같은 동네에서?

아니다. 어쩌면 오히려 같은 동네가 더 안전할 수도 있겠다. 기본적으로 이동 동선이 짧고, 서로 겹치지만 않게 한다면, 오히려 등잔 밑이 더 어두울 수도 있는 거니까.

완수는 이 세상 사람이 아닌 영화나 드라마 속의 주인공을 만나고 있는 듯한 이질적이면서도, 한편으로는 아주 불쾌한 감정이 들었다.

"다 드셨으면 저 주세요."

완수는 그 여자에게 빈 컵을 건넸고, 그 사이에 남자는 능숙하게 텐트를 정리했다. 크지 않은 가방 하나에 다 정리가 된 텐트는 완수 앞에 놓였다. 완수는 속으로 물어보고 싶은 것이 백만 개쯤은 되는 것 같았지만, 말 한마디 섞고 싶지 않은 기분도 함께 들었다.

"잘 쓰시면 좋겠습니다."

"예, 잘 쓸게요."

그는 지난번처럼 엉뚱한 제안을 하지도 않았고, 어설프게 완수의 아이 이름을 부르지도 않았다. 오히려 여유 있어 보이기까지 했다. 어쩌면 저 사람의 여유는 완수가 한 달 동안 아무에게도 이야기하지 않은 것에 대한 신뢰일 수도 있고, 아니면 완수에게 설명하지 않은 정당한 사유에서 오는 당당함일지도 모른다. 어쨌든 그는 더 이상 불안해하지 않고 있다.

완수는 거래를 마친 뒤 집으로 돌아왔고 그 주 주말에 처음으로 가까운 공원에 가서 아이와 캠핑을 할 수 있었다.

그 일들이 완수의 머리에서 지워질 때쯤, 그에게서 다시 연락이 왔다. 감귤마켓 채팅으로 이번에는 그가 완수에게 텐트와 함께 구매한 캠핑의자가 있는데 살 의사가 있느냐는 것이었다. 완수가 관심 있다고 하자, 그는 다시 보고 결정하라고 했다.

완수가 다시 한번 놀란 건 그를 만난 게 또 새로운 곳에서 새로운 여자와 함께였다는 점이다. 그는 이제 완수에게 자랑이라도 하듯이 자신의 집과 여자들을 보여주는 것 같았다. 완수는 그의 네 집 살림, 아니 어쩌면 그보다 더 많을 수도 있는 그의 사생활이 그저 놀라울 따름이었다.

거래를 마치고 돌아오는 길에 선록에게서 전화가 왔다.

"동서, 내가 좀 할 말이 있는데 내일 시간 있어?"

"시간은 되는데, 무슨 일 있으세요?"

"별건 아니고 그냥 내가 조언을 구할 게 있어서……."

"네, 그럼 어디서 뵐까요? 저희 집으로 오실래요?"

"아냐. 내가 내일 과수원에 들를 일이 있는데 그쪽으로 올래? 내가 치킨 좀 사갈게."

"아, 네. 그럼 오랜만에 치맥이나 하시죠. 내일 뵐게요."

완수는 이 모든 걸 털어놓고 상의할 만한 사람을 찾았다고 생각했다. 손윗동서인 선록은 무엇이든 답을 찾아줄 수 있을 것 같은 사람이다. 비록 나이 차이는 얼마 나지 않지만, 어린 시절부터 다양한 경험을 해서인지 나이보다 성숙하고 대단히 현명하다. 학창 시절에는 학비를 벌겠다고 장사를 하기도 했고, 연극을 하면서 풍부한 무대 경험도 가지고 있다. 엔터테인먼트 회사에서 근무한 경력도 있어서 유명한 연예인들과의 인맥도 좀 있었고, 수많은 사람이 참여한 오디션을 심사한 경험도 있다고 했다. 그러니 어쩌면 사람을 보는 눈은 누구보다 정확할 것이다. 특히 지금은 중견기업의 교육팀장으로 근무하면서 성향분석 강의를 하기도 해서 사람들의 성향을 분석하고 읽어내는 데 탁월하기도 했다. 선록은 분명 완수가 필요한 답을 해줄 수 있는 사람임이 확실했다.

장인-1

　선록과 완수 두 사람의 장인이 일구고 있는 과수원은 이 도시의 중심에서 멀지 않은 곳에 있다. 새로운 아파트 단지들이 들어서기 시작한 이 도시는 과거의 농지와 산업화의 산물인 산업단지, 그리고 새로운 교통편으로 인한 새로운 아파트 단지들이 모두 모여 있는 곳이다.

　도시의 중심에서 멀지 않은 곳에 위치하고 있는 이 과수원은 대형마트와 커다란 제약회사 공장이 있는 큰길에서는 전혀 보이지 않지만, 큰 교회를 끼고 있는 좁은 골목길로 1.5km 정도 들어가면 마치 숨겨져 있는 것처럼 자리 잡고 있다. 비포장도로의 끝에서 코너를 돌아 커다란 나무들을 지나면 과수원 풍경이 병풍처럼 펼쳐진다. 가운데에 계단식으로 정리된 포도밭을 중심으로 왼쪽에는 창고와 집이 함께 있고, 그 오른쪽에 심어진 밤나무, 감나무, 호두나무, 모과나무 등을 볼 수 있다. 그리고 포도밭 아래쪽에는 대추나무들과 각종 채소가 심어져 있는 텃밭도 있다.

과수원 왼쪽으로는 과수원의 규모보다 거의 네 배는 더 넓은 큰 밭이 있다. 요즘 장인이 신경을 쓰는 건 바로 이 밭이다. 밭 주인과는 잠시 스쳐지나가듯 해서 안면이 있긴 한데, 이 밭에 도대체 뭐가 심어져 있는지는 아무도 모른다. 과수원과 논은 흔한 농지들이 그렇듯이 계절에 맞게 과정이 흘러가며 풍경이 달라진다. 봄이 되면 땅을 일구고 농작물을 심는다. 여름이면 그 작물이 자라서 가꿔줘야 한다. 가을이 되면 온갖 농작물이 수확을 해도 된다는 신호를 보내기 시작한다. 겨울이 되면 그 무수한 생명의 기운이 다 사라지고 다시 차가운 무채색의 풍경이 그려진다.

그런데 저 큰 밭은 도대체가 그런 일반적인 과정의 변화가 없다. 일 년의 대부분은 잡초만 무성하게 자라고 있다. 밭 주인은 계절에 상관없이 수시로 땅을 헤집기도 한다.

하지만 딱히 신경 쓸 일은 아니다. 그들이 그 땅을 놀리든 뭘 심든 궁금하기는 해도 상관할 필요는 없으니 말이다.

그런데 그 밭에서 이상한 냄새가 넘어오면서 직접적으로 문제가 되기 시작했다. 찬바람이 조금씩 따뜻해지기 시작할 무렵,

그 밭으로부터 불어오는 바람에 뭔가 이상한 냄새가 과수원으로 퍼지기 시작했다. 뭔가 아주 생소해서 뭐라고 설명할 수 없는 냄새인데, 이 냄새가 몸에 좋지 않을 것 같다는 건 분명히 느낄 수 있었다. 처음에는 이유를 모르고, 이게 무슨 일인가 싶었지만, 이 사건의 심각성을 느끼기 시작한 것은 그 날밤에 그 밭에서 일어나는 일들을 목격하고 나서부터다.

얼마 전, 장인은 포도나무에 비닐 지붕을 만들어주기 위한 작업을 준비하고 있었다. 포도는 원래 비닐하우스에서 기르기도 하지만, 하우스가 아니라도 나무 위에 지붕을 만들어 비를 막아주면 껍질도 얇고 당도도 높은 포도를 기를 수 있다. 작업을 하는데 언젠가 얼굴만 본 적 있는 왼쪽 밭 주인 남자가 외국인 노동자를 한 명 데리고 과수원에 들어왔다. 손님들은 보통 대형마트가 있는 큰길에서 교회를 끼고 들어오는 그 좁은 길을 통해서 들어오는데, 그들은 왼쪽 밭에서 곧바로 걸어왔다. 과수원 입구 쪽에서 일을 하고 있던 장인은 마치 그 사내들이 자신의 집에서 걸어오는 것 같은 위화감을 느꼈다.

"형님, 안녕하세요? 저 기억나시죠?"

왼쪽 밭 주인과는 몇 년 전 지역 모임에서 인사를 나눈 정도였는데, 형님이라 부르니 조금 당황스러웠다. 그렇다고 정색을 하기는 좀 그래서 장단을 맞춰주기로 했다.

"어, 그래."

밭 주인과 만났던 날, 저 밭을 빌려서 농사를 지어보려고 한다고 인사를 했었다. 그런데 그 만남을 가진 이후에도 밭에 아무것도 하지 않은 채 한 해를 그냥 보냈고, 그 뒤로도 몇 해나 밭을 방치하고 있었다.

"저기서 보니까 혼자 바쁘게 낑낑거리고 계시길래……. 뭐 도와드릴 거 없나 해서 왔어요."

"거기는 안 바쁜가봐?"

"아직 뭘 심어야 할지도 모르겠어서요. 올해도 그냥 농업대학 다니면서 공부나 좀 하려고요."

"그래?"

"그래서 저희는 시간 많으니까 일손 부족하면 말씀하세요. 얘가 말은 서툴어도 일은 아주 잘해요."

"근데 아직 뭘 심을지도 모르는데, 일꾼부터 뽑은 거야?"

"꼭 뭘 안 심어도 일은 많더라고요."

"그건 그렇지."

"그럼 뭐부터 좀 도와드릴까요?"

"오늘은 다 했어. 내가 나중에 필요하면 말할게."

"아, 그래요? 그럼 형님 전화번호나 하나 주세요."

그는 장인의 거절에 당황하면서도 아무렇지 않은 척 능청스럽게 연락처를 물어왔다. 장인은 그의 그런 모습이 더 거북스러웠다. 장인은 그 사내가 내민 손에 과수원 명함 하나를 건넸다.

그리고 늦은 밤에 그 밭으로 수없이 드나드는 대형트럭들을 목격한 건 며칠이 지나서였다.

아마 그는 사람들의 눈을 조금이라도 피할 수 있는 늦은 밤에 무엇인가를 진행했던 것 같은데, 장인이 처음 트럭을 발견한 그날부터 3일 동안 매일 밤, 수많은 트럭들이 그 밭으로 왔다 갔다 하곤 했고, 어두워서 정확하게 보이지는 않았지만, 땅을 파고 무엇인가를 묻는 것 같았다. 그리고 며칠이 지나자 바람을 타고, 이상한 냄새가 바람에 날려 넘어오기 시작한 것이다.

"저놈의 새끼들이 돈 받고 이상한 걸 땅에 파묻고 있는 게 분명하다니까. 내가 시청에도 신고를 하고 이 근처 땅 주인들한테도 다 지랄을 했는데, 약을 얼마나 쳐놨는지 하나같이 여기 온 지 얼마 되지도 않은 저 새끼 편을 드는 거야! 뭔가 있어! 아주 찝찝해!"

그 이후에도 그는 한 달에 한두 번 정도는 밤에 대형트럭을 불러들여 무엇인가를 땅에 묻었고, 어김없이 과수원으로 이상한 냄새가 넘어오곤 했다. 더 이상 참을 수 없게 된 장인은 무엇인가 특단의 조치가 필요하다고 생각했다.

"내일 애들 좀 오라고 해봐. 다 같이 고기나 구워 먹게."

"안 그래도 내일 다들 뭔 일이 있는지 온다고들 하네?"

"그럼 잘됐네. 나도 할 말이 좀 있으니까."

장인은 자식들과 이 일을 어떻게 처리하는 것이 좋을지 상의를 하기 위해 과수원으로 불러 모았다. 그리고 자식들이 오기로 한 전날 밤, 장인은 또 무엇인가를 목격했다. 그날은 유난히 달이 밝아서 저 멀리 있는 그 밭도 훤하게 보이는 날이었다. 포도나무에 물을 주는 장치를 끄기 위해 밖으로 나온 그는 우연히 그 밭으로 시선을 옮겼다.

"이 썩을 놈들. 땅에 저런 짓거리를 하면 천벌을 받을 거다! 분명히!"

밭을 보며 혼잣말을 하던 장인은, 평소와는 다른 무언가 때문에 다시 그 밭을 관찰하기 시작했다. 보통은 밭에 드나드는 트럭들이 10톤 넘는 대형이었는데, 멀리서 보기에도 지금 들어와 있는 트럭은 대형 트럭이 아닌 식품을 실어 나르는 작은 냉동 탑차 같아 보였다. 게다가 그 주변에 서 있는 사람도 밭 주인이 아닌 것 같았다. 밭 주인은 키가 180cm 정도로 체구도 워낙 커서 몸무게가 대충 120kg은 넘어 보이고, 인상도 험상궂어 보였다. 그렇기 때문에 아무리 멀리서 봐도 한 번에 딱 알아볼 수 있었는데, 오늘 그 트럭 옆에 서있는 사람은 분명히 밭 주인이 아니었다.

대신 바로 옆에 함께 있는 사람은 알아볼 수 있었다. 언젠가 밭 주인이 과수원에 찾아왔을 때 함께 따라온 외국인 노동자였다. 그 사람은 밭 주인과는 다르게 작고 왜소해서 한눈에 알아볼 수 있었던 것이다.

"그런데 이 시간에 뭘 하는 거야?"

평소와는 다르게 많은 차가 온 것도 아니고 사람이 많은 것도 아니었다. 그 외국인 노동자는 포클레인도 없이 차 한 대만 덩그러니 와서 내리지도 않은 운전기사와 뭔가를 얘기하는 것 같았다.

"어? 저건 또 뭐야?"

궁금해서 한참을 보고 있는데, 그 외국인이 냉동 탑차에서 무엇인가를 내렸다. 그 외국인의 키보다 큰 짐이어서 힘든지 낑낑거리는 게 멀리서도 보였다. 그가 혼자 내리는 것을 보고 운전기사가 내려서 도와주려는 것 같았지만, 그 외국인이 뭐라고 손짓을 하더니 결국은 그 커다란 짐을 혼자서 내리고 끌었다. 그러고는 밭을 향해 굴리는 듯했는데, 이내 어디론가 굴러서 사라져 버렸다. 아마 이전에 밭을 미리 파놓은 것 같았다. 곧 냉동 탑차는 자리를 떠났고, 그 외국인은 삽질을 해서 묻기 시작했다.

장인은 그 모습이 너무 이상하고 궁금해서 한참을 쳐다보고 있었는데, 그때 문득 삽질을 하다가 잠시 숨을 돌리는 외국인이 자신의 방향으로 고개를 돌리는 것이었다. 순간, 그와 눈이 마주친 것 같은 느낌이 든 장인은 자신도 모르게 비료 포대 뒤로 몸을 숨겼다. 외국인은 한참을 이쪽 방향을 향해 보고 있었고, 장인은 자신이 숨는지도 모른 채 숨어 있었다. 뭔가 좋지 않은 일을 본 듯한 본능적인 판단 때문이었을 것이다.

얼마나 시간이 지났을까? 장인은 쥐 죽은 듯이 가만히 있다가, 정말 시간이 한참 지나고 나서 고개를 내밀어보자, 그 외국인은 시야에서 이미 사라져 있었고, 밭은 아무 일도 없었다는 듯이 고요하기만 했다.

유난히 달이 밝은 그날, 장인은 아무도 없는 밭을 보며 겨우 안심할 수 있었다. 그때 집에서 장모가 나왔다. 갑자기 튀어나온 장모에게 놀란 장인은 그 자리에 주저앉고 말았다.

"왜 그렇게 놀라요? 무슨 일 있어?"

너무 놀라서 소리도 못 질렀던 장인은 온몸에 힘이 빠진 듯했다.

"어, 아냐, 아무것도……."

장모에게 이 상황을 설명해야 하는지 고민했지만, 아무 말 하지 않기로 결정했다. 무슨 이유였는지는 모르겠지만 그 짧은 순간에도 이게 무슨 일이든지 본인만 혼자 알고 있는 것이 좋겠다는 생각이 들었기 때문이다. 너무 놀라고 정신이 없었던 그는 잠시 옆에 있던 의자에 기대듯이 앉았고, 장모는 그런 그에게 진정하라고 물을 한잔 떠다 주었다.

"물 한잔 마셔요."

"이거 말고 맥주나 한 캔 줘봐. 갑자기 갈증이 확 나네."

"참나. 핑계도 좋네."

장모는 들어가서 쟁반에 맥주 두 캔과 견과류를 조금 챙겨서 나왔고, 의자 옆에 있는 테이블에 놓아주고는 자신도 옆에 앉았다. 장인은 다소 진정이 되긴 했지만, 그래도 아직 맥주 캔을 든 손이 살짝 떨렸다.

맥주를 한 모금 마시려고 하는데, 그때 갑자기 어둠 속에서 무엇인가 튀어나왔다.

"나, 물……."

"우어어어아아아!"

갑자기 어둠 속에서 나타난 것은 그 외국인이었다. 외국인은 인기척도 없이 갑자기 나타나서 그에게 손을 내민 것이다. 장인은 너무 놀라 그 자리에서 의자와 함께 뒤로 넘어졌고, 장모는 과일 건조기 뒤로 숨었다. 외국인은 상대가 이렇게 놀랄 거라곤 생각 못했는지 본인도 놀란 표정으로 뒷걸음질을 쳤다.

"너……, 뭐야?"

"나, 목이 너무 말라서……."

"뭐?"

"나, 목이, 마르서, 물……."

"예? 물 마시고 싶다고요?"

"응, 맥주……."

순간 장인의 머릿속은 전쟁이 나기 시작했다. 지금 이 모든 상황이 너무 불안하고 두려웠다. 그는 지금 이 상황을 어떻게 이해하고 해결해야 할지 아무런 감도 오지 않았다. 그의 머릿속은 아직 아무것도 정리가 안 됐는데, 장모가 맥주 한 캔을 들어 외국인에게 건네려고 하고 있었다.

"잠깐! 자, 잠깐!"

장인의 소리에 모두는 어두운 과수원에서 아무도 말을 하지도 못하고, 움직이지도 못하고 있었다. 그날따라 유난히도 밝은 달은 그들의 긴장된 표정을 고스란히 보여주고 있었다.

장인-2

장인은 순간적으로 그 외국인이 위험하다고 판단했다. 지금 장모가 그에게 접근하는 것 자체가 너무 위험한 일일 수도 있다고 말이다. 하지만 이 상황에 대해 아무것도 모르고 있는 장모는 이내 정신을 차리고 나에게 왜 그러냐는 듯한 눈빛을 보냈다.

"자! 이거 먹어요."

"감사합니다."

그 외국인은 허겁지겁 맥주 캔을 따서 마시기 시작했고, 그런 모습이 안쓰러웠는지, 장모는 그에게 견과류 접시도 내밀었다.

"안주도 먹어요. 배는 안 고파요?"

"괘, 괜찮아요."

맥주 한 캔을 게눈 감추듯이 마셔버린 외국인은 연신 고맙다고 인사를 했다. 고개를 깊게 숙이며 몇 번이나 인사를 하는 모습을 보니 장모는 마음이 더 약해지는 듯했다. 장인은 너무 놀란 상태로 그에게 따지듯이 말을 건넸다.

"뭐야? 갑자기 이 밤에."

"밭에 할 일이 있었다. 왔는데, 너무 목이 말랐어요."

"근데 저기서 자요?"

"맞아요. 저기서 자요."

"사장님이 술은 안 사줘?"

"맨날 소주만 줘요. 소주는 목이 더 마른다."

"그치, 목 마르면 맥주지."

장모가 그 외국인 노동자와 이야기하는 동안 장인의 놀란 가슴도 조금 진정이 되는 듯 했다. 그러고 나니 허름한 행색에 목이 말라 여기까지 온 그의 모습과 상황이 갑자기 안쓰럽게 느껴지기 시작했다.

"어디서 왔어?"

"필리핀에서 왔어, 요."

"얼마나 됐어? 여기 온 지."

"1년 좀 넘었어요."

"뭐 하러 여기까지 와. 고향에 있지."

"고, 고향?"

"그냥 필리핀에 있지, 한국까지 왜 왔냐고?"

장인은 아마 문득 그 외국인의 모습에서 자신의 모습이 비쳤는지 모르겠다. 그 역시 젊은 시절 중동에 가서 일을 한 적이 있기 때문이다. 그 마음을 모를까? 장인은 물어보긴 했지만, 누구보다 그 질문의 대답을 잘 알고 있었다. 가족들에게 큰 힘이 되어주기 위해……, 한 번에 큰 목돈을 좀 만들어보려고. 당장이야 몸도 마음도 더 힘들겠지만, 그 몇 년의 고생이 가족에게는 또 다른 미래가 될 수 있다는 사실을 알고 있으니, 기꺼이 먼 길을 떠났던 그 마음을 모를 리 없는 것이다.

"나 공부 더 하려고."

그런데 그의 대답은 장인이 생각하던 그런 종류의 답이 아니었다. 그래서 장인은 처음에 자신이 잘못 들은 줄 알았다.

"뭐라고? 누구 공부시킨다고?"

"나 공부하고 싶어서. 나, 나가, 내가 공부하고 싶다고."

"아, 공부를 잘하나 보네."

"나 의대 다녀요."

"아, 그래?"

아내와 투닥거리는 사이에 들려온 그 외국인의 말에 장인은 다시 한번 놀랐다.

"의사 되려고, 공부한다고요."

"젊은 사람이 대단하네. 공부 진짜 잘하나 봐요."

"그걸 어떻게 알아? 거기서는 아무나 다 시켜주는 건지."

"그거 차별이에요. 우리보다 조금 못 사는 나라라고 막 무시하고 그러는 아니에요. 원래 안 그러는 사람이 오늘따라 왜 그래요?"

장인은 방금 전 너무 놀란 것 때문인지 자신도 모르게 자꾸 삐뚤어진 소리를 했다. 하지만 생각해보면 화낼 일이 아니다. 필리핀에서 의대에 다니는 청년이 학비를 마련하기 위해 한국에 온 것이다. 아마 그는 최선을 다해 돈을 모을 것이고, 그래서 최대한 빨리 자신의 나라에 돌아가서 꿈을 이루고 싶을 것이다. 그건 문제가 되지도 이상하지도 않았다. 오히려 장한 일이다.

어?

'최선을 다해 돈을 모으고, 최대한 빨리 돌아가고 싶다?'

문득 그 생각에 장인은 소름이 돋기 시작했다. 자신도 그러했기 때문이다. 자신이 중동으로 일을 하러 갔을 때, 그는 확실한 목표가 있었다. 3년 동안 5000만 원을 모아서 돌아오자! 하지만 그곳의 생활은 생각했던 것보다 훨씬 더 힘들었고, 몸과 마음은 빠르게 지쳐가고 있었다. 하지만 한번 마음먹은 것은 어떻게든 이루고 마는 성격인 그는 포기보다는 오히려 더 폭주하기로 마음을 먹었다. 그는 다른 직원들이 꺼리는 힘든 업무를 다 도맡아서 하기 시작했다. 야근을 하는 것도, 주말에 추가 근무를 하는 것도 항상 먼저 지원했다. 그에게는 주말마다 쇼핑을 다니는 동료들이 이해가 가지 않았다. 다른 사람들이 힘들어서 쉬려고 할 때, 그는 그 시간에 더 많은 것을 얻을 수 있도록 노력했다. 그 이유는 오로지 그곳에 머무는 시간을 줄이려는 것이었다. 그렇게 그는 3년의 계획에서 8개월이나 당겨서 본인이 목표한 목돈을 만들었다. 심지어 그가 귀국하는 날 그의 손에는 가족들을 위한 고가의 선물들이 잔뜩 들려 있었다.

특히 마지막에 그가 네 달이나 기간을 더 단축시킬 수 있었던 것은 현지인 현장감독의 눈에 들어서였다. 돈이 되는 일이라면 눈에 불을 켜고 뛰어들던 그를 유심히 지켜보던 현장감독은, 자신의 비밀스러운 작업에 장인을 끌어들였다. 장인은 아직도 본인이 했던 일이 무엇이었는지 정확하게 알 수 없지만, 그가 밤에 따로 장인을 불러서 시켰던 일들이, 결코 옳은 일이 아니었다는 것은 안다. 장인은 한국에 오기 전까지 두 달 동안 그 현장감독의 비밀스러운 호출에 응했다. 결국 그 덕에 네 달이나 시간을 단축할 수 있었을 뿐만 아니라, 가족들에게 값비싼 선물을 사줄 수도 있었다.

그 현장감독의 호출을 받은 건 장인만은 아니었다. 매일 밤 7명의 인원이 그의 지시에 따라 물건을 옮기는 일을 했는데, 그 현장감독이 주던 돈이 원래 받던 임금의 두 배가 넘었기 때문에, 그 7명의 인부들은 모두 신나 있었다. 그런데 중요한 것은 남들보다 쉽게 많은 돈을 벌다 보니 그들의 허영심도 커져가고 있었다는 것이다. 그 인부들 중에 장인을 제외한 6명은 모두 시간만 되면 쇼핑을 다니기 바빴고, 호출이 없는 날에는 그들끼리 도박을 하기 시작했다. 그들의 돈은 어느새 사라지기 시작했지만, 아무도 걱정하지 않았다. 금세 또 벌 수 있다는 생각들이 있었기 때문이었다.

하지만 장인은 달랐다. 그에게 그 돈은 하루라도 빨리 집으로 돌아갈 수 있는 기회였고, 한 번의 호출이 그의 귀국을 이틀씩 앞당기는 것이었기 때문이다. 그래서 그는 분명히 안 좋은 일임을 알면서도 누구보다 열심히 응했고, 목표가 채워지자 뒤도 돌아보지 않고 돌아왔다.

장인이 순간 그날의 기억이 떠오른 것은, 저 외국인의 모습에서 자신의 모습이 보였기 때문일 것이다.

"그래서 학비는 다 모았어?"

"아, 아직 모자라. 의대 돈 많이 들어가요."

장인은 알 수 있었다. 그는 지금 돈이 아주 많이 필요하고 간절하다. 그래서 장인은 알아볼 수 있었다. 지금 그의 마음가짐과 욕심을 말이다. 어쩌면 그는 한국에 오자마자 자신의 상황에서 가장 빨리 돈을 많이 벌 수 있을 일을 찾았을 것이다. 직접 오지 않으면 찾을 수 없으니 미리 준비하지도 못했을 것이다. 그렇게 한국에 들어와서 돈을 많이 주는 일을 찾아 다녔을 것이고, 그렇게 그 밭의 주인을 만났을 것이다. 그래서 밭 주인 밑에서 돈이 되는 일이라면 무엇이든 하려고 할 것이다. 그는 돈만 모아서 떠나면 되는 것이기에.

그렇게 생각이 흐르다 보니, 장인은 어둠 속에서 무엇인가를 묻고 있던 그의 모습이 더 선명하게 떠올랐다. 장인의 등에는 한줄기 땀이 흐르기 시작했다.

"장하네, 먼 곳까지 와서. 뭐 더 줄까요?"

"아니야. 지금 시간이 몇 신데? 가! 빨리 가, 이제."

"아, 고맙습니다."

장인은 그가 자신의 과수원에 잠시라도 더 머무는 것이 싫었고, 장모와 이야기를 나누는 것도 싫었다. 무엇인가 그것만으로도 자신과 가족이 위험해지는 것 같은 느낌이 들었다. 그는 다시 주춤거리며 밭쪽으로 사라졌고, 장인은 그가 가는 방향을 주먹을 꼭 쥐고 바라보고 있었다. 그는 잠시 아까의 일을 물어볼까도 고민했지만, 이내 마음을 접었다. 장인은 지금 그에게 무엇인가를 추궁하는 것이 그를 더 궁지에 모는 것일지도 모른다고 생각했기 때문이다.

그는 왜 여기에 왔을까. 어쩌면 그는 장인이 보고 있었다는 것을 알고 있었고, 그것에 대한 확인이나 혹은 압박을 주기 위해 저 어둠을 뚫고 온 것일지도 모른다는 생각이 들었다. 그런 생각들이 장인의 등줄기를 점점 더 적시고 있었고, 그래서 그가 온전히 사라지기 전까지 발을 뗄 수 없었다.

"뭐해요. 들어가요. 시간이 늦었다면서."

장모는 계속 툴툴거렸던 장인에게 심통이 났는지, 말을 살짝 비틀고는 집으로 들어갔다. 하지만 지금 장인에게 장모의 말은 귀에 들어오지 않았다. 장인은 대답도 하지 않은 채 그의 뒷모습만 보고 있었고, 심장은 귀 옆에 붙어있는 것처럼 큰소리로 뛰고 있었다.

"어?"

그 순간 묵묵히 밭을 향해 걸어가던 그가 갑자기 멈추더니 뒤돌아 섰다. 그리고는 아무 말도 하지 않고 장인을 바라보고 있었다. 날이 맑아 달빛이 유난히 밝은 하늘은 멀리 있어도 서로의 표정을 보여주기에 충분했다. 시간이 얼마나 흘렀는지는 모르겠다. 장인은 무엇인가를 먼저 할 수 없었다. 그저 그가 뒤돌아 어둠 속으로 사라지기를 기다릴 뿐.

잠시 후 그는 씨익 웃고는 어둠 속으로 뛰어 돌아갔다. 밭을 가로질러 뛰어가는 그는 아주 빠르게 사라졌고, 여전히 장인은 아무것도 할 수 없었다.

그가 사라진 것을 확인한 후에도 장인은 한참을 그 자리에 서 있을 수밖에 없었다. 잠시 후 긴장이 풀리자, 조기 축구를 두 게임 연속으로 뛰었을 때나 느낄 수 있었던 피로감이 몰려왔다. 그렇게 좀비처럼 잠자리에 들어간 장인은 그 피곤한 몸으로도 쉽게 잠이 들지 못했고, 그의 머릿속에는 그 외국인의 마지막 미소가 계속 떠다니고 있었다.

　장인은 어떻게 잠이 들었는지는 알 수 없었지만, 어떻게 잠에
서 깼는지는 확실히 알 수 있었다. 평소에는 5시만 돼도 눈이 떠
지던 그였지만, 그날은 아침 10시가 넘어서 손녀들이 그의 침대
로 뛰어들었을 때야 겨우 눈을 뜰 수 있었기 때문이다.
　"아빠 웬일이야? 늦잠을 다 자고?"
　"그러니까, 별일이야."
　손녀들의 애정공세로 겨우 정신이 들기는 했지만, 어제 일들
은 그대로 머릿속에 남아 있었다. 아무것도 정리가 되지 않은
채 띵하게 머리를 옥죄는 두통은 너무 오래 자서 그런 건지, 아
니면 어제 일의 스트레스 때문인지 알 수가 없었다.
　"아버지 일어나셨어요?"
　"저희도 왔어요."
　그때 딸들의 얼굴 뒤로 두 사위의 얼굴이 빼꼼히 나왔다. 장인
은 순간 생각했다. 누군가와 이 일을 상의해야 한다면 저들밖에
없다고 말이다.

과수원-1

선록과 완수는 과수원에 오면 장인어른의 일부터 돕는다. 그리 크지 않은 포도밭이긴 하지만, 그곳을 장인 혼자 꾸려나가다 보니 여간 일손이 모자라는 것이 아니다. 그래서 자연스럽게 가족들이 틈만 나면 와서 도와주곤 하는데, 그중에도 건장한 사위들의 힘은 장인에게 큰 도움이 되곤 했다.

"아버지, 뭐 도와드릴 거 없어요?"

"어, 와서 이것 좀 같이 하자."

오늘은 포도밭 위로 설치해놓은 비닐을 보수하는 일이다. 비닐하우스처럼 전체를 씌운 것이 아니라 비가 맞지 않게 지붕만 만들어 놓은 것이라, 아무래도 바람이 세게 부는 날이면, 날리거나 찢어지기 마련이다. 장인은 사위들이 온 김에 후다닥 이 일들을 끝내고 싶은 마음이다.

농사일은 간단한 것이 없다. 장인의 입장에서 얼마 안 되는 일이라도, 막상 하다 보면 온몸에 땀이 흐르고 목이 마르게 되는 것은 어쩔 수 없다. 그나마 오늘은 별로 일거리가 많지 않아서 한 시간 만에 마무리가 되었다. 일거리가 정말 없는 것인지, 아니면 장인이 무엇인가 상의할 것이 있어서 일을 더 만들지 않은 것인지는 알 수가 없다. 그저 오늘, 평소와는 다른 분위기가 흐르는 것은 분명했다.

"수고들 했다. 맥주나 한잔하자."

일을 끝내고 장인은 사위들을 원두막으로 불렀다. 장모는 일이 끝나는 시간에 대충 맞춰서 시원한 맥주와 간식거리를 내왔다. 아내들은 아이들을 봐야 해서 자연스레 집에 있었고, 장모도 식사 준비에 새참만 내어주고는 바로 들어가 버렸다. 드디어 세 명의 남자들이 모두 원했던 자리가 마련된 것이다.

원두막에 평소와는 다른 묘한 분위기가 흐르고 있었고, 누구도 선뜻 말을 꺼내지 못했다. 그저 더위와 목마름을 핑계로 시원한 맥주나 서로 나누고 있었다. 먼저 말을 꺼낸 것은 선록이었다.

"아버지, 저희 부르셨다고 말씀들었는데 무슨 일 있으세요?"

"그게, 별거는 아니고, 저기 말이야 저기."

"아, 저 밭이요? 아직도 냄새가 많이 나요?"

"제가 그래도 꾸준히 민원을 넣고 있기는 해요. 와서 조사한다고는 하던데요."

"근데 냄새가 문제가 아니야. 더 심각한 뭔가가 있어!"

"예? 그게 무슨 말씀이세요?"

장인은 아무도 없는 원두막에서 주위를 살피더니 말을 하기 시작했다.

"저 밭에 일하고 있는 외국인 노동자가 하나 있는데, 그놈이 키도 작고 말라서 매가리도 하나 없어 보이거든? 근데 그놈이 어젯밤에 혼자 저 밭에 왔더라고."

"밤에 혼자서요?"

"아! 혼자는 아니고, 그 밭 주인 놈 말고, 그놈만 따로 와서 또 다른 사람이랑 뭘 또 묻더라니까."

"예? 그게 무슨 말씀이세요?"

"그러니까, 어휴, 내가 아직도 정신이 없어서 정리가 안 되네. 그러니까, 저 밭에 일하는 외국인 노동자가 하나 있는데, 야, 아니다. 이렇게 말해줄게. 어젯밤에 내가 잠깐 포도밭에 물을 끄려고 나왔는데, 저쪽 밭에 뭔 차가 또 들어오는 거야. 근데 그게 평소처럼 대형 덤프트럭들이 들어오는 게 아니라, 웬 냉동 탑차가 한 대 들어오는 거지!"

"냉동 탑차요?"

선록은 냉동 탑차라는 말에 눈이 번쩍 띄었다. 장인과 동서에게 자신이 봤던 냉동 탑차 얘기를 하려고 왔는데, 장인의 입에서 냉동 탑차 이야기가 나오다니 깜짝 놀랐다. 말도 안 되는 생각일지 모르지만, 자신이 봤던 냉동 탑차와 장인이 본 냉동 탑차가 같은 차일지도 모른다는 생각마저 들었다.

"냉동 탑차가 여기 왜 와? 그러니까 이상한 거지! 근데 그 차가 들어왔는데, 옆에 보니까 그 외국인 놈이 혼자 서 있더라고. 보니까 그놈은 먼저 와서 땅을 파놓은 것 같아. 내가 그놈이 앞에 무슨 일을 했는지는 몰라도, 주위에 포클레인도 없었고 한 거 보니까. 그 차가 오기 전에 그놈이 와서 먼저 삽으로 땅을 파놓은 거 같아. 어차피 수시로 뒤엎던 땅이라 그리 어렵지도 않았을 거고."

"그래서요?"

"어, 그래서 그 탑차에서 그놈이 뭔가 사람만 한 짐을 하나 꺼내서 땅에 묻더라고. 멀리서 봐서 자세히는 모르겠는데, 쌀 포대기 같은 걸로 꽁꽁 싸놓은 것 같은 거야. 뭐, 처음에야 나도 저놈들 또 뭐 못된 짓 하나 보다 하고 그냥 넘기려고 했는데, 이게 뭔가 더 찝찝하더라고, 그래서 좀 지켜봤는데……."

"뭐가 더 있었어요?"

"아니 그놈도 날 봤는지, 갑자기 이쪽을 뚫어져라 쳐다보는 거야! 그러더니 다 묻고 나서는 우리 집으로 와서 나한테 맥주를 달라는 거야. 목이 마르다고!"

"예? 그놈이 여기를 왔다고요? 아버지가 보고 있는 걸 알고요?"

"그건 모르지. 내가 본 걸 아는지 모르는지. 여하튼, 어젯밤에 갑자기 그놈이 확 나타나는데, 놀라가지고 정신이 없더라고."

"그런데 아버지! 그 탑차는 잘 보셨어요? 혹시 여기서 번호도 보이나요?"

"차 번호를 어떻게 봐, 이 나이에. 여기서 보인다고 해도 나는 못 보지!"

"아, 네……."

"근데 다른 건 몰라도, 멀리서 봐도 많이 낡아 보이고 나갈 때 보니까 탑차 뒤쪽에 커다란 눈알을 붙여놨더라고."

"눈알이요?"

"그 눈알 모양 스티커! 트럭이나 그런 데 붙여놓는 거 있잖아. 그게 눈에 딱 들어오긴 했어. 빛 반사가 되는 스티컨지는 몰라도."

선록은 눈 스티커 이야기를 듣고 기운이 좀 빠졌다. 장인의 말을 한참 들었을 때는 그 차가 자신이 본 차랑 같은 차일 것 같다는 생각이 들었지만, 그 스티커는 자신이 본 차에는 없었기 때문이다. 선록의 관심이 좀 사그라드는 것 같아 보이자 장인은 뭐가 조급한지 갑자기 말을 더 하기 시작했다.

"그런데 그놈이 보통 놈이 아니더라고. 글쎄 그놈이 의대생이래. 외국인 노동자라 대충 막일이나 하던 놈인 줄 알았는데, 필리핀에서 의대를 다니는데 학비를 벌려고 넘어왔다고 하더라고 그 얘기까지 듣고 생각해보니까 그게 더 섬뜩해! 원래 그런 놈들이 지 목표가 있으면, 진짜 앞뒤 안 가리고 뭔 짓이라도 하거든. 무식한 놈들보다 더 무서운 놈들이야."

선록의 관심을 돌리기 위해 한 이 말에, 오히려 완수의 관심이 더 높아졌다. 완수는 그 불륜남의 직업이 의사라는 것을 알고 있었기 때문이다. 생각해보면 의사이기 때문에 가능한 일들이라고 생각했다. 완수가 조사한 결과 그 불륜남은 옆 신도시에서 소아과를 운영하고 있었다. 그 소아과에는 3명의 의사가 있어서 마음만 먹으면 시간도 얼마든지 낼 수가 있었고, 그 지역에서는 꽤 유명한 소아과라서 돈도 잘 버는 것으로 알고 있었다. 즉, 그 불륜남이 몇 다리나 걸치면서 그런 수작을 벌일 수 있는 것도 의사라는 안정적인 고소득 전문직이기 때문에 가능한 것이다. 그 이유로 완수는 장인이 말하는 그 외국인 노동자가 의대생이라는 말에 더 관심이 쏠리기 시작한 것이다.

"내가 보기에는 아무래도 그놈들이 아주 나쁜 짓을 하고 있는 것 같아. 근데 이걸 경찰에 신고해도 될지 몰라서 말이야."

"좀 애매하긴 할 것 같긴 해요. 무작정 신고를 하자니 다 추측이나 심증일 뿐이고요. 증거가 없거든요. 괜히 엄한 사람 괴롭히는 게 아닌가도 싶고. 그런데 또 막상 그냥 넘어가자니 너무 찝찝하거든요. 혹시라도 이게 진짜 무슨 큰 사건이면, 그냥 넘어가는 것만으로도, 내가 뭔가 막 죄를 지은 것 같기도 하고요. 게다가 이게 진짜 큰 사건이면, 절대 누군가 혼자 벌인 일이 아닐 텐데, 괜히 나섰다가 우리 가족들에게 해코지라도 하면 어떡하나 걱정도 되고요."

"아니 형님은 어떻게 장인어른 마음을 그렇게 잘 알아요?"

"박 서방 말하는데, 나는 박 서방이 내 속에 들어와서 말하는 줄 알았어."

"그게 실은요. 저도 비슷한 일이 있어서 뵈려고 했거든요."

선록도 장인과 완수에게 자신에게 있었던 일을 모두 말했다. 재미있는 사실은 모두 다 지금 불안한 일을 겪고 있어서 그런지, 절대 흘려 듣거나 무시하지 않는다는 것이다. 선록이 자신이 겪은 일을 풀어내기 시작하자 장인과 완수는 더 적극적으로 공감을 하기도 하고, 자기 추측을 더해주기도 했다. 그렇게 선록이 가지고 있는 의심에 살이 붙기 시작했고, 심지어 장인도 자신이 본 냉동 탑차와 자연스럽게 연결하기 시작했다.

"내가 보기에는 두 차가 같은 차야. 분명해! 내 느낌이 그래!"

"아니 아버지. 그래도 그 스티커가 없었어요, 그 차는."

"자네가 그 차를 마지막으로 본 게 언젠데?"

"저요? 3일 전이요."

"아니 3일이면 그깟 스티커 하나 못 붙일까? 그거 아무 데서나 다 파는 건데? 아니 오히려 자네를 만나고 나니까 더 불안해서 일부러 사다 붙였을 수도 있지. 자네 어디 사는지 안다고 했지? 그럼 우선 다시 확인부터 해봐. 스티커가 있나 없나!"

"아, 예 근데 혹시라도 절 알아보면, 제가 계속 의심한다고 생각할까 봐서요."

"그래? 그럼 내가 가볼게. 그러면 됐지?"

"예, 감사합니다."

"잘됐어! 이번 참에 저놈의 새끼들을 싹 다 넣어버려야지!

"저, 근데 저도 드릴 말씀이 좀 있어요."

"뭔데?"

"진짜 신기한데요. 저도 요즘 좀 이상한 일이 있어서요."

완수도 선록의 이야기가 끝나자 자신의 이야기를 풀어놨다. 앞에 두 사건에 비해 불륜은 그 무게감이 달랐지만, 역시 그들도 완수처럼 의사라는 직업에 움찔거렸다. 각자의 다른 사건이 우연히 이 세 사람에게 다가왔지만, 뭔가 이상하게 연관성이 있는 것 같은 고리들이 있기 때문이다. 물론 지금 이들이 말하는 모든 일들에 단 하나의 확신도 없다. 모두 각자의 추측이고, 충분히 오해일 수도 있다. 그럼에도 서로 이야기를 나누다 보니 뭔가 커다란 하나의 사건으로 이어져갈 것 같은 기분이 들었다.

"내가 볼 때 그 의사 놈도 뭔가 구린 게 있어. 그렇지 않고서는 이렇게 대범하게 미친 짓을 벌일 수가 없거든. 보면 꼭 사고치고 깜빵 가는 놈들이 지 집에도 몹쓸 짓을 해놓는단 말이야.

그렇게 기본적인 도덕성이 없는 놈들은 다른 나쁜 짓을 했을 가능성도 높아."

"그럼 장인어른, 이렇게 하시죠! 제가 꾸준히 구청에 민원을 넣고 있었으니까 저 밭은 제가 신고를 더 해볼게요. 아마 제가 그동안 민원 넣으면서도 여기 사위라는 말 안 해서 괜찮을 거예요. 대신 형님이 그 불륜남 쪽을 좀 알아봐주는 게 어떨까요? 대충 거래만 한 번 해봐도 좋을 것 같은데요."

"좋아! 어차피 냉동 탑차는 아버지가 알아봐 주시기로 했으니까. 거기는 내가 알아볼게."

"그래! 우선 내가 탑차부터 확인할게. 그리고 그 폐공장 앞쪽에서 부동산 하는 용식이는 뭔가 아는 게 좀 있을지도 몰라. 내가 그쪽도 좀 알아볼게."

셋은 각자의 역할을 나눠서 일을 진행하기로 했다.

장인 : 선록의 냉동 탑차의 눈 스티커를 확인, 폐공장의 현재 상태와 소유주 확인
선록 : 완수의 불륜남 조사 (감귤마켓 거래 및 소아과 운영 관련 탐문)
완수 : 건너편 밭 민원 접수 및 외국인 노동자 신고 조치

신기했다. 세 명에게 비슷한 시기에 범상치 않은 사건들이 발

생했고, 서로에게 무엇인가 도움이 될 수 있는 상황이 되었다. 심지어 제일 중요한 것은 모두가 찜찜한 일들을 겪고 있다 보니, 상대방들의 상황들에 훨씬 더 몰입하기가 쉽다는 것이었다. 그래서 그들은 자신들에게 발생하고 있는 일들을 진지하게 들어주고 같이 고민해주는 존재들이 있는 것만으로도 큰 힘이 되고 있었다.

다만 그들은 모두 지금 자신들이 하고 있는 일들이 쓸데없는 헛일이었으면 좋겠다는 생각을 하고 있었다. 지금까지 각자의 자리에서 정말 아무런 사건사고도 없이 살아온 이들에게는 그 어떤 것이든 하나라도 실제 사건으로 이어진다면 너무나도 엄청난 파장이 생길 것이라는 것을 직감했기 때문이다.

그럼에도 불구하고 모두들 모른 척 넘어가지도 못하는 것은 그것도 역시 지금까지의 삶에서 답을 찾을 수 있다. 아직까지 그들의 삶에 커다란 사건이 발생된 적이 없을 뿐만 아니라, 사건이라고 말할 만한 일들에 연관이 되어본 적도 없다. 그래서 혹시 자신들의 무관심이나 두려움 때문에 큰 사건이 발생된다면, 그 후폭풍을 감당할 자신이 없는 것이었다.

그들은 처음으로 살면서 큰 사건이 없었던 자신들의 삶에 감사함을 느꼈다. 매일 뉴스에서 나오는 수많은 강력범죄들은 생각해보면 그들과는 너무 먼 이야기들이었다. 그래서 심각한 사건들의 뉴스에 놀라운 감정을 느낀 적은 있었지만, 직접적인 공포나 경각심을 느낀 적은 없었다. 하지만 지금의 상황을 겪고 나니, 그 사건들의 당사자들이 느꼈을 공포와 충격이 얼마나 클지 조금 상상이라도 해볼 수 있었다. 그리고 그것은 항상 자신들이 부러워하던 부자들의 삶이나 성공한 선후배들의 모습들보다, 큰 사건사고 없이 무탈하게 지내온 자신들의 시간이 얼마나 큰 축복이었는지 알게 되는 순간이었다.

어쩌면 그래서 그들은 각자의 사건을 쉽게 넘기지 못하는 것일지도 모른다. 우선 한 번도 경험해보지 못한 이 두려움과 공포가 아무것도 아님을 각자 확인하고 싶었고, 만약 이것이 진짜 무서운 사건의 시작이라면 어떻게든 우리 가족에게 다가오지 못하게 막아야겠다는 생각 때문이었다.

그렇게 그들의 어설픈 수사가 시작되었다.

선록-4

선록은 동서 완수의 그 불륜남을 조사하기로 했다. 완수가 알려준 아이디를 검색해서 그 불륜남이 올린 물건을 보고 거래를 하며 최대한 많은 것을 알아내는 게 목표다. 하지만 선록은 그 남자가 주로 올린다는 게임이나 컴퓨터용품은 너무 모르는 분야라서 거래를 잘할 수 있을까 걱정이었다.

"형님 우선 그놈이 지금 몇 가지를 판매하는데요."

"어, 그래?"

"근데 우선 제가 그놈의 아이디를 알려드리면 판매 중인 상품 보시고요. 그래도 쓸만할 걸로 말을 거세요. 처형한테 이상하지 않게요."

"그래야지. 아, 근데 샀다가 바로 딴 사람한테 팔아도 되지 않아?"

"그럼요. 필요 없는 거면 그냥 바로 팔면 되죠. 그럼, 제가 보기에는 게임 쪽은 잘 모르시니까 차라리 유아용 전동차 어때요? 안 그래도 지금 그놈이 명품 전동차를 좀 싸게 내놓은 거 같은데, 이게 그래도 한 5만 원이라도 더 받고 팔 수도 있을 것 같거든요."

"뭐? 5만 원을 더 받고 팔 수 있다고?"

선록은 이 거래를 하기 위해서 어쩔 수 없이 얼마 정도의 돈을 쓰게 될 것이라고 생각했다. 그런데 오히려 벌 수 있다는 말에 눈이 커졌다.

"그럼요. 그놈이 정말 뭘 모르는 건지 뭐에 마음이 그렇게 급한 건지, 항상 시세보다 싸게 내놓더라고요."

"아무리 그래도 거래 한 번에 5만 원을 번다고?"

"뭐, 가능성이 있다는 거죠. 여하튼 한번 보세요. 봐서 어려우시면 파는 건 제가 팔아드려도 되니까요."

중고거래 한 번에 5만 원을 벌 수 있다는 말에 선록은 잠시 원래 목표를 잊었다. 누군가는 작은 돈이라고 할 수도 있겠지만, 평범한 직장인들에게는 월급 이외에 큰 노력 없이 간단히 5만 원을 버는 건 자주 있는 일이 아니기 때문이다. 선록은 그 5만 원에 눈이 동그래져서 완수가 알려준 아이디로 물건들을 찾아보기 시작했다.

"2404."

아이디가 무슨 뜻인지 궁금하기는 했지만, 그보다는 밑에 나와 있는 판매 중인 상품을 봐야 했다. 바로 클릭하고 들어가서 불륜남이 올린 물건들을 살펴봤다. 완수가 말한 대로 대부분 육아용품이나 성인 남성이 쓸 만한 물건들이었다. 선록은 특별한 취미를 가지고 있지는 않지만, 얼핏 봐도 보통의 성인 남자들이 하는 취미생활은 다하고 있는 것 같았다. 기본적으로 완수가 말했던 게임부터 시작해서 낚싯대, 골프채, 전문가용 카메라에 레고도 있었다. 아무래도 레고 세트가 큰 걸로 봐서 이것도 아이보다는 성인이 가지고 놀았던 것 같았다.

그중에서 야구 글러브가 눈에 띄었다. 결혼 전에 직장인 야구단에서 2~3년은 열심히 했던 기억이 있던 선록은 자기도 모르게 그 글을 클릭했다. 사용감은 조금 있었지만 꽤 쓸만해 보였고, 요즘 다시 운동을 좀 해야겠다고 생각이 든 터라 이거라면 적당할 것 같았다. 게다가 마침 올라온 글러브가 선록이 예전에 쓰던 브랜드였다. 선록은 그 글러브를 사겠다고 생각하자, 뭔가 마음이 두근거리기 시작했다. 선록은 긴장을 하고 그에게 채팅을 걸었다.

[혹시 야구 글러브 구매 가능할까요?]

[예, 가능합니다.]

[혹시 가격을……]

[그냥 5만 원에 드릴게요. 이제 진짜 필요 없는 거라서요.]

불륜남은 원래 10만 원에 올린 물건을 쿨하게 5만 원에 주겠다고 했다. 다시 글을 보니 등록일이 6개월 전이다. 아마도 본인이 글을 올렸는지도 잊었던 것 같고, 이 지역에는 아직 야구장도 생기지 않았기 때문에 관심을 갖는 사람도 없었을 것이다. 그러니 가격보다는 그저 빨리 팔아버리고 싶었던 마음이 더 컸던 것일지도 모른다.

[감사합니다. 바로 살게요. 어디로 가면 될까요?]

[그린마을 3차 312동 주차장에서 봬요.]

[그린마을 3차 312동이요?]

[왜요? 너무 멀리 계신가요?]

[아. 아니요. 가깝습니다. 바로 갈게요.]

선록은 불륜남의 주소를 듣고 놀랄 수밖에 없었다. 그곳은 바로 선록의 아파트 옆 단지이자, 선록이 그 냉동 탑차를 봤던 곳이기 때문이다. 게다가 동도 같다. 그렇다면 진짜 불륜남이 냉동 탑차의 운전자일지도 모른다. 하지만 그렇다고 할지라도 서로를 알 수는 없다. 어차피 선록이 그와 만난 건 선영의 거래 심부름이었기 때문이다. 다만 어느 차를 타고 가야 할지 고민을 할 수밖에 없었다.

하지만 잠시 후 선록은 그보다 아내에게 아이디를 확인하는 것이 먼저라는 생각이 들었다.

"여보, 혹시 그때 3차에서 감귤마켓으로 책 거래한 거 기억나?"

"어 알지. 요새 아율이가 제일 좋아해, 그 책."

"그거 판 사람 아이디 혹시 뭔지 확인해줄 수 있어?"

"어, 잠시만. 근데 그건 왜?"

"그냥 그런 게 있어. 한 번만 봐줘."

"어, 지금 들어가고 있어."

그 몇 초 안 되는 시간이 선록에게는 몇 시간은 되는 것처럼 길게 느껴졌다. 그리고 마음속에는 두 가지 생각이 계속 오고 갔다.

'2404여라.' '아니야, 제발 다른 아이디여라.'

"2404."

"뭐?"

"2404라고, 아이디가."

선록은 다시 머리가 복잡해지기 시작했다. 그럼 어쩌면 진짜 우리가 이야기한 각자의 사건이 한 명과 연관되어 있는 것일 수도 있다는 말인가? 그런 생각들로 머리가 터질 것 같을 때 장인 어른에게 전화가 왔다.

"맞잖아. 눈깔 스티커! 내가 진짜 왠지 그럴 거 같았다니까!"

"그게 무슨 말씀이세요? 아버지 혹시 지금 그린마을 3차에 계세요?"

"어! 지금 312동 근처에 오니까 냉동 탑차 하나가 딱 서 있는데, 멀리서 봐도 눈깔이 확 눈에 띄더라니까. 보니까 진짜 붙인 지도 얼마 안 됐어. 차는 고물인데 스티커만 멀쩡해."

"혹시 그럼 차 번호가 뭐예요?"

"4685."

"4685요?"

"그래, 4685 맞지? 이게 그놈 차 맞지?"

갑자기 온몸에 소름이 돋기 시작했다. 선록은 우선 지금 이 상태에서 불륜남을 만날 수는 없을 것 같았다. 지금 선록이 그를 만나면 우선 표정관리가 되지도 않을 듯했고, 무슨 말을 할 수도 없을 것 같았기 때문이다. 그래서 핑계를 대고 약속을 미뤄야겠다고 생각한 순간, 수화기를 통해 불륜남의 목소리가 들려왔다.

"누구세요?"

"예?"

"누구신데, 남의 차를 이렇게 보고 계시냐고요?"

"아니 그게, 이 차를 본 게 아니라……."

"차가 아니면요?"

"이 눈깔 스티커! 이게 재미있어서, 요즘 우리 손녀가 이것만 보면 그렇게 좋아해서 영상통화나 해보려고 했지요."

"그럼 하세요."

"예?"

"하시라고요. 영상통화요."

수화기 너머로 들리는 그놈의 목소리는 작아도 차분하고 단호한 느낌이 들었다. 반면에 장인은 누가 들어도 긴장한 티가 팍팍 나는 말투였다.

"금방 했는데, 뭐가 연결이 잘 안 된다고 끊었어요."

"그래요? 그럼 볼일 다 보신 거죠?"

"예? 아. 그렇죠."

"그럼 가세요. 어르신."

그는 무심한 듯하면서도 정중하게 이야기를 하고 있었고, 그렇게 그냥 가려는 것 같았다. 근데 가려고 하는 그놈을 장인이 불러 세웠다.

"근데, 이 차가 그쪽 차예요?"

"……."

분명히 뭐라고는 했는데, 잘 들리지 않았다. 아마 불륜남은 자신의 집 방향으로 이미 가버린 상태였기 때문에 마이크에 소리가 들어오지 않은 것 같았다. 선록은 장인의 마지막 말이 너무 궁금해서 다시 전화가 걸려오길 기다리는데, 장인은 통화 중이었다는 것을 전혀 생각하지 못한 건지 그대로 차에 타고 출발한 것 같았다. 선록은 그 마지막 대답이 궁금해서 여보세요를 몇 번이나 외쳤지만, 장인은 답이 없었다. 결국 전화를 끊고 다시 걸었는데, 핸드폰을 옆자리에 던져두고 못 받는 건지, 장인은 전화를 받지 않았다. 스마트폰을 잘 다루지 못하시는 장인은 가끔 자기도 모르게 무음으로 해놓거나 벨소리를 잘 못 듣는 경우도 있기 때문에 그냥 그러려니 넘어가려고 했다.

그런데 시간이 가면 갈수록 그 마지막 질문에 대한 대답이 너무 궁금했다. 그리고 또 문득 장인이 혹시라도 해코지를 당하신 건 아닌지 걱정되기 시작했다. 선록은 그냥 바로 과수원으로 향했다. 그리고 가는 길에 불륜남에게 메시지를 남겼다.

[오늘은 급한 일이 있어서 거래를 하기 어려울 것 같습니다. 죄송합니다. 다음에 다시 연락 드리겠습니다.]

선록은 이렇게 떨리는 상태로 그놈을 만날 자신도 없었지만, 불륜남의 아이디가 선록이 생각한 사람과 같다는 사실과, 그 냉동 탑차를 확인한 것만으로도 선록이 더 이상 불륜남을 만날 이유는 없다고 생각했다. 그래서 약속을 취소하고 우선 과수원에 가서 다시 이야기를 좀 해봐야겠다고 생각했다.

그런데 그가 메시지를 읽지 않는 것이었다. 보통 구매자가 바로 간다고 했기 때문에 바로 메시지를 확인하는 것이 당연한데, 불륜남은 메시지를 읽지도 않고 있다. 그런데 더 불안한 것은 불륜남이 메시지를 확인하지 않은 것과 장인이 전화를 안 받는 게 뭔가 연관이 있을 것 같다는 생각 때문이었다. 운전하는 내내 신호만 걸리면 앱에서 채팅을 확인하고 장인에게 전화 계속 전화를 걸었다. 그러다 선록은 너무 걱정이 된 나머지 장모에게 전화를 걸었다.

"어머니!"

"어, 박 서방 웬일이야?"

"혹시 아버지 들어오셨어요?"

"아니, 아직 안 들어오셨는데?"

"아, 그래요?"

"무슨 일 있어? 왜 갑자기 다들 아버지를 찾고 그래?"

"예?"

"아니 금방 전에 강 서방도 전화해서 아버지를 찾더라고."

"아! 아버지께서 저희한테 시키신 일이 있으셔서 그래요. 아마 동서도 저처럼 아버지께서 전화를 안 받으시니까 걱정돼서 전화했나 봐요. 너무 걱정하지 마세요."

"어, 그래."

"저 지금 과수원 가고 있거든요. 혹시라도 아버지 오시면 제가 찾았다고 말씀만 좀 전해주세요."

"오늘 자네들 진짜 이상하네. 강 서방도 지금 갑자기 온다고 했거든. 여하튼 알았어."

선록은 장모님과의 통화를 끊자마자 다시 채팅창을 확인했다. 그는 여전히 선록의 메시지를 확인하지 않고 있었는데, 그가 채팅창을 보는 중에 메시지 확인이 표시됐다. 선록은 뛰는 가슴으로 그 화면에서 나올 답변을 보고 있었는데, 그 순간 전화기 벨소리가 울렸다. 화면에는 '장인어른'이라는 알림이 떠 있었다. 심장이 터져버릴 것 같은 순간이었다. 선록의 차 뒤에서는 신호가 바뀌었는데도 출발하지 않고 멈춰 있는 선록의 차를 향해 뒤 차의 경적이 시끄럽게 울리고 있었다. 하지만 지금 선록에게는 아무 소리도 들리지 않았다. 그저 너무 크게 뛰고 있는 자신의 심장 소리만 들릴 뿐이었다.

완수-4

　완수는 먼저 시청에 가보기로 했다. 장인이 부탁해서 전화로 몇 번 민원을 넣은 적은 있었지만, 이번에는 직접 가봐야겠다는 생각이 들었다. 팀장에게 일이 있다고 잠시 외출 허락을 받고 나온 완수는 바로 시청으로 향했다. 시청의 민원실에는 다행히도 사람이 많지는 않았고, 오래 기다리지 않고 담당자를 만날 수 있었다. 담당자는 40대 초반의 남자였는데, 영혼이 없어 보이는 표정과 눈빛을 띄고 있었다.

　"일전에도 전화로 몇 번 전화를 주셨던 분이시죠?"

　"예, 맞습니다."

　"혹시 근처 어르신들의 자녀분 되시나요?"

　"예? 그걸 왜 묻죠?"

"그거야 뭐. 그 동네가 원체 선생님처럼 젊은 분들은 거의 안 계시는 동네라서요. 보통은 어르신들이 자녀분들께 그렇게 한탄을 하시면, 마지못해 자녀분들께서 전화주시곤 해서요."

"그래서요?"

"예?"

"그래서요? 그게 뭐 문제가 됩니까?"

"아, 선생님. 그런 뜻이 아니고요."

"어르신이 한탄하시는 말씀이니, 대충 처리하시고 넘어간다는 겁니까? 그동안 다 그렇게 하신 거예요? 어차피 자식들도 귀찮아서 대충 하는 액션이니 금세 넘어갈 거라 생각해서요?"

"아니요, 선생님. 갑자기 왜 화를 내고 그러십니까? 그런 뜻이 아니지 않습니까?"

"그런 뜻이 아니면 뭔데요? 그럼 지금 거기는 어떻게 처리되고 있는데요? 직접 가서 좀 파보기라도 했습니까?"

"저 선생님. 그게 지난번에도 말씀을 드렸던 것 같은데, 그게 마음대로 막 그렇게 땅을 파보고 그럴 수 있는 게 아닙니다. 거기도 엄연한 사유지라서 정당한 사유와 절차가 아니면 마음대로 수색할 수가 없어서요."

"정당한 사유와 절차라고 한다면, 결국 경찰에 사건을 신고하라는 말로 들리네요. 맞습니까?"

"아니 또 꼭 그렇다는 건 아니고요."

"우선 저는 지금 이 길로 나가서 경찰서로 가겠습니다. 그리고 지금 그곳에서 벌어지고 있는 일에 대해 신고를 할게요. 아. 그리고 지역 토지 사용에 대한 관리감독 의무가 있는 시청을 대상으로 직무유기 및 근무태만에 대한 민원도 좀 넣어볼 생각이고요. 말씀해주신 정당한 사유와 절차를 제가 잘 만들어서 진행해보겠습니다."

"저, 선생님……. 잠시만요."

"왜요? 뭐요?"

"저희한테도 시간을 좀 더 주십시오. 제가 꼭 직접 확인해보고 답변을 드리겠습니다."

"언제까지요? 또 이래 놓고 시간만 끄는 거 아닙니까?"

"아니요. 절대 그렇지 않습니다. 제가 내일까지는 꼭 답변을 드리겠습니다. 그럼 되지요?"

"내일까지요?"

"예! 내일까지요."

"확실합니까?"

"예, 확실히 연락 드리겠습니다."

"우선 알겠습니다. 그럼 믿어보겠습니다. 꼭 연락 주십시오."

완수는 공무원들이 그곳 관리를 어떻게 하고 있는지, 마음 같아선 직접 확인하고 싶었다. 오늘 짧은 방문으로 확인한 것은 그곳에 대한 민원을 넣은 것이 자신만은 아니라는 점과, 시청에서는 아직까지 아무런 조치도 하지 않았다는 점이다. 다만 이제 좀 다를 수 있다. 우선 완수는 시끄러워지는 것을 싫어하는 공무원들에게 자신이 진상 민원인이라는 인식을 심어주었고, 그 사실이 그들을 더 이상 가만히 있을 수만은 없게 만든 것이다. 그리고 그 공무원은 지금 반드시 무엇인가를 해야만 할 것이다. 본인이 직접 확인해보고 내일까지는 꼭 답변을 주겠다고 말했기 때문에, 그래서 그는 반드시 움직일 것이다. 그래서 완수는 나오자마자 시청의 입구가 잘 보이는 곳으로 차를 옮기고 기다려 보기로 했다. 완수 자신이라면 바로 나와서 당연히 바로 그곳에 가볼 테니까. 다만 근무시간에 잠시 나온 것이기에 시간 여유가 없는 완수는 마냥 기다릴 수는 없어서, 1시간만 딱 기다려보고 포기하기로 했다.

그런데 한 시간은커녕 10분도 되기 전에 완수와 이야기했던 담당자가 주차장으로 나오고 있었다. 그는 멀리서 보기에도 짜증과 귀찮음이 잔뜩 섞인 얼굴로 차에 올랐다. 완수는 조용히 시동을 켜고 그의 뒤를 쫓아가기 시작했다.

그는 당연히 과수원 쪽으로 향했다. 과수원 근처에 다다른 그들은 과수원 옆의 큰 밭으로 들어가는 외길로 들어섰다. 완수는 순간 고민하기 시작했다. 그 길은 말 그대로 외길이라 완수의 차가 들어가는 순간 더 이상 숨을 수가 없는 상황이다. 그렇다고 과수원으로 들어가기에는 서로가 너무 잘 보이는 위치이기도 하고, 과수원에서 그 밭을 보기에는 좋지만 거리가 멀어서 대화를 들을 수가 없었다. 결국 완수는 조금 더 멀지만 차를 대고 숨을 수 있는 야산 쪽으로 가기로 했다. 밭의 오른쪽에 있는 야산은 들어가는 길이 야산 반대쪽에 있기 때문에 차로 10분은 더 가야 하는 곳이었다. 그리고 그렇게 가더라도 다시 차를 대고 15분은 더 걸어 올라가야 그 밭이 보이는 곳까지 갈 수 있기 때문에, 지금부터 서둘러도 25분 후에나 그들을 볼 수 있었다. 완수는 우선 지금 상황에서 회사로 돌아갈 수 없을 것 같다는 생각이 먼저 들었다. 차를 그 방향으로 틀자마자 팀장에게 전화해서 일이 늦어지는 바람에 복귀가 어렵다고, 반차를 쓰겠다고 말했다.

완수는 산 뒤쪽에 도착하자마자, 겉옷을 벗고 차에 있던 운동화로 갈아 신은 뒤 열심히 뛰기 시작했다. 시간이 오래 걸리는데도 이 길을 선택한 이유는 완수가 지금까지 경험했던 공무원들의 특성 때문이다. 본인 회사에도 각종 점검과 관리를 이유로 담당 공무원들이 방문하고는 하는데, 주로 그들의 스케줄이라는 것이 방문을 해서 책임자들과 차를 한잔 마시고, 담당자와 담배 한 대 피운 뒤에, 어슬렁거리며 확인할 곳을 둘러본 뒤 식사를 하러 가는 경우가 대부분이었기 때문이다. 그렇게 보면 지금 시간이 딱 맞다. 아마 지금쯤이면 그 공무원은 밭 주인이 타주는 믹스커피를 마시며 서로 쓸데없는 안부를 묻고 있을 것이고, 별로 궁금하지도 않은 자신들의 노고를 지루하게 쏟아내고 있을 것이다. 그래서 발은 서둘러서 뛰어가고 있었지만 마음은 그리 초조하지 않았다. 완수의 예상이 맞다면 그들은 지금부터 30분은 더 앉아서 수다를 떨 것이고, 그제서야 형식적으로 과수원을 좀 둘러본 뒤 저녁이나 먹으러 가자는 밭 주인의 말에 못 이기는 척 따라 나설 것이기 때문이다.

완수가 땀을 흘리며 밭이 보이는 곳에 도착했을 때는 역시 아직 그들의 모습이 보이지 않았다. 다만 주차된 그들의 차와, 여기서는 보이지 않지만 비닐하우스가 있는 쪽에서 담배 연기가 올라오는 것으로 봐서 아마도 비닐하우스 뒤쪽 창고에서 담배를 피우고 있는 것 같았다. 완수는 우선 커다란 나무 뒤로 자리를 잡고 몸을 숨겼다. 거의 30분이나 돌아서 이곳으로 온 것이지만, 확실히 이곳은 장인어른의 과수원보다도 거리도 가깝고 시야도 좋았다. 심지어 몸을 숨길 수 있는 커다란 밤나무와 도토리나무까지 있었기 때문에 노력이 헛되지 않았다는 보람을 느꼈다. 어느 정도 소리도 들을 수 있을 만큼 가까운 거리이기는 했지만, 야산에 있는 밤나무 근처다 보니 모기의 공격은 어쩔 수가 없었다. 그는 혹시라도 언제 나올지 모르는 그들을 상태를 관찰하느라, 모기를 쫓을 정신이 없었다. 그래서 완수는 뛰어오느라 흘린 땀냄새에 몰려든 모기들에게 꽤 많은 피를 나눠주고 있었다. 그때 그들이 비닐하우스에서 나왔다. 시간은 4

시 50분. 아마도 대충 땅을 살피는 척하고, 식사를 하러 갈 요량일 것이다. 완수는 인정사정없이 자신의 손목과 발목을 물어대는 모기의 공격에도 아랑곳하지 않고 그들에게 집중했다.

어슬렁거리면서 문제의 장소로 걸어 나오는 공무원 뒤에는 멀리서 봐도 눈에 확 들어올 만큼 덩치가 큰 밭 주인과 상대적으로 왜소해 보이는 그 외국인 노동자가 따라오고 있었다. 그들이 점점 가까워지자 조금씩 그들의 말소리가 들려왔다.

"아까도 말씀드렸다시피 저희도 골치 아파요. 우선은 민원이 들어오면 어떻게든 확인은 해봐야 하니까요."

"그럼요. 그러시겠죠. 그런데 뭐 보시다시피 뭐가 없습니다. 제가 아무것도 모르고 무조건 귀농을 하겠다고, 덜컥 땅만 빌려 놓고 내려와 보니 뭘 할지도 몰라서 몇 년째 이렇게 놀리고 있거든요."

"그러니까요. 사장님도 뭔가를 빨리 하셔야 동네에서 뒷말이 좀 안 나오죠. 안 그래요?"

"맞습니다. 안 그래도 내년에는 뭐라도 좀 꼭 해보려고 합니다."

"근데 왜 자꾸 땅은 파고 그러신데요? 이거는 지금 봐도 뒤엎은 지 얼마 안 되는데요?"

"그것도 제가 하도 땅을 놀리니까, 누가 뭘 심지는 않아도 땅은 자꾸 뒤집어야 잡초도 안 자라고 비옥해진다고 해서요. 그나마 나름 관리한다고 생고생을 하고 있던 건데, 그게 엉뚱한 오해가 됐나 봅니다."

"그렇죠? 맞아요. 이런 땅은 며칠만 그냥 둬도 금방 잡초 밭이 되니까…… 잠깐만요."

그때 무심히 땅을 보며 말하던 그 담당 공무원이 말없이 밭 안쪽으로 걸어 들어가기 시작했다.

"왜요? 어디 가세요?"

갑작스러운 공무원의 행동에 밭 주인은 당황했다. 공무원은 밭 주인의 질문에 답도 하지 않은 채 본인의 시선이 머물러 있는 곳으로 빠르게 들어가기 시작했다.

그 모습을 보던 완수에게 더 이상해 보이는 것이 있었다. 바로 그 외국인 노동자였다. 어쩌면 본인과는 전혀 상관없는 일일 텐데도, 밭 주인보다 훨씬 더 당황한 모습이 보였기 때문이다. 완수의 시선에는 커다란 사장의 몸집에 가려서 잘 안 보일 만도 한데 눈에 띄게 당황한 그 노동자는 커다란 주인의 몸 뒤로 어찌나 빠르게 움직이는지, 운동회에서 꼭두각시 춤을 추는 것처럼 보일 정도였다.

"이건 뭐예요?"

빠르게 밭 한가운데로 걸어 들어간 공무원은 자기 구두가 엉망이 된 건 신경도 쓰지 않은 채 땅에서 조금 드러나 있는 비닐 포장지를 가리켰다.

공무원의 예상치 못한 행동과 질문에 밭 주인은 당황했는데, 감추려던 것이 드러나서 당황한 모습이라기보다는 그 상황 자체가 자신도 모르는 일이라서 당황하고 있는 모습처럼 느껴졌다. 생각해보면 밭 주인은 그 공무원이 절대 무엇인가를 발견할 수는 없을 것이라고 생각했을 것이다. 왜냐하면 당연히 그가 묻는 것들은 보통 포클레인으로 땅을 파고 덤프트럭으로 쏟아낸 뒤에 다시 포클레인으로 덮었기에 때문에 보통 사람은 삽을 들고 와도 쉽게 확인할 수 없을 것이기 때문이다. 그래서 그가 걱정한 건 냄새 정도였을 것이다. 아무리 포클레인이라도 냄새까지 모두 묻을 수는 없으니 말이다. 그래서 밭 주인은 혹시 공무원이 무슨 냄새라도 맡고 그곳으로 간 것이 아닐까 걱정을 했을 텐데, 그가 가리킨 건 작은 비닐조각이었다. 밭 주인은 걱정보다는 황당함만 남았을 것이다.

"글쎄요? 저도 이게 뭔지는 잘 모르겠는데요?"

밭 주인은 정말 그것이 뭔지 궁금한 사람처럼 그 비닐 조각을 잡아당겼고, 그 비닐 조각은 생각보다 길게 딸려 나왔다. 공무원은 밭 주인의 손에서 그것을 낚아채고는 살펴보며 말했다.

"이런 건 밭에서 나올 만한 게 아니지 않나요, 사장님?"

"예? 뭐가요?"

"보세요. 이거 의료용 폐기물 비닐이잖아요. 보통 병원에서 의료 폐기물 처리할 때 쓰는 비닐이라고요."

공무원의 말에 밭 주인의 표정은 더 멍해지고 있었지만, 그 뒤에 숨어있는 외국인 노동자는 눈에 띄게 떨고 있었다. 심지어 비처럼 흐르는 땀은 거리가 좀 있는 완수에게도 충분히 보일 정도였다.

"거기 외국인 총각. 너 뭐 알지?"

밭 주인의 반응과 그 뒤에 숨어있는 외국인 노동자의 반응을 모두 살핀 공무원은 이 상황에 저 외국인 노동자가 직접적으로 연관이 있을 것이라고 판단을 했는지, 그 외국인 노동자에게 말을 걸었다.

"우리나라를 잘 모르나 본데, 우리나라는 밭에다가 의료 폐기물 같은 거 막 묻어버리고 그러면 안 돼! 이거 범죄야! 깜빵 간다고! 알아?"

"몰라요……. 저는 모, 몰라요."

당황한 채 밭 주인 뒤로 숨어드는 외국인 노동자는 커다란 주인의 덩치에 가려져 시야에서 사라졌다.

"사장님, 쟤 불법체류 아니에요, 혹시?"

"아니에요. 비자 받고 제대로 들어온 친구예요. 쟤가 저래 보여도 자기네 나라에서……."

외국인 노동자에 대해서 말을 하던 밭 주인은 뭔가가 떠오른 듯 말을 멈췄다.

"뭐요? 자기네 나라에서 뭐였는데요? 예?"

"아, 나름 명문대 다니던 애라고요. 여기도 거기 다닐 학비 벌려고 온 거예요. 돈 바싹 벌어서 자기 나라 가서 성공하겠다고. 인텔리야, 인텔리."

"그러니까 사장님, 그게 더 무서운 거예요. 저런 애들이 머리까지 좋으면 진짜 무섭다니까."

"에이 설마요. 저 야리야리한 놈이 뭘 한다고요."

"그래도 사람은 믿는 거 아닙니다. 저기 우선 여기 좀 파봐도 되죠? 사장님! 삽 좀 주세요, 삽."

그런데 땅을 파보겠다는 공무원의 말에 밭 주인의 표정이 달라졌다.

"잠시만요."

"예?"

"지금 이런 비닐 조각 좀 나왔다고, 갑자기 사람을 막 의심하고 선량한 시민의 땅을 멋대로 파보고 그럴 수는 없는 거잖아요?"

예상과는 다른 밭 주인의 반응에 공무원은 아주 많이 당황한 것처럼 보였다.

"사장님, 진짜 큰일 나요. 혹시라도 저놈이 사장님 몰래 이상한 거라도 묻은 거면, 나중에 같이 엮일지도 모른다고요. 막말로 쟤가 자기는 아무것도 모른다, 다 사장님이 시킨 거다, 이래 버리면 어쩔 건데요? 그땐 진짜 답 없어요. 사장님! 지금이라도 제가 있을 때 이렇게 확인해보는 게 다행인 거예요."

"아니요. 그런 거 없습니다. 아무것도 아니에요."

"그래도 이게 저도 관리 감독하는 사람 입장에서……."

"지금 오셨잖아요. 잘 둘러보셨고. 그리고 궁금한 거 있어서 확인도 했고. 제가 지금 이건 그냥 날아다니는 비닐 조각이 그냥 땅에 좀 들어간 거다, 말씀도 드렸잖아요."

"예?"

잘 보이지는 않았지만, 밭 주인은 그 말을 하며 공무원에게 더 다가가는 듯한 느낌이 들었다. 느낌상으로는 밭 주인이 공무원 주머니에 무엇인가를 넣은 것 같기는 했지만, 멀어서 정확히는 알 수 없었다.

"그러니까, 오늘은 식사나 하러 가시자고요. 먼저 차에 가 계시면 제가 바로 따라갈게요."

공무원은 머뭇거리다가 덩치가 큰 밭 주인의 힘에 못 이기는 척 밀려 나가기 시작했다. 밭을 벗어나 길로 올라서자 밭 주인은 공무원에게 차로 먼저 가라는 듯한 손짓을 했고, 그가 차로 가는 것을 보자마자 바로 뛰어서 밭의 한가운데로 다시 돌아왔다.

"너! 이거 뭐야!"

"어…… 그게……."

"말 똑바로 안 해? 내가 너 한국말 잘하는 거 모를까 봐?"

"사장님. 그게요……."

"아니야. 우선 이따가 얘기해. 지금 저 사람 기다리게 하는 게 더 이상하니까."

"예, 사장님."

"그리고 땅 건들지 마, 내가 올 때까지. 괜히 지금 또 헛짓거리하다가 누가 보기라도 하면 내가 확 경찰에 신고해 버릴 테니까. 알았어?"

"예."

"아무것도 하지 말고 집에 처박혀 있어!"

완수는 우선 그 외국인 노동자가 순간 아주 정확한 한국어 발음을 구사하는 것에 큰 충격을 받았다. 외국인 노동자가 저렇게 말을 잘한다는 건 장인을 이미 속이고 있었다는 뜻이고, 이미 모든 상황을 자신의 계산으로 설계하고 있을지도 모른다는 것이기도 하다. 게다가 지난밤에 장인이 본 것도 의료 폐기물 비닐에 쌓여 있는 무언가였다. 의료 폐기물 비닐에 무엇이 들어 있었든 간에 이건 범죄의 상황이 분명했다. 장인이 밤에 목격한 것도. 지금 완수가 숨어서 본 이 모든 상황도 범죄의 경중을 떠나서 범죄라는 사실은 분명했다. 심지어 저들의 행동을 보니 더 확신이 들었다. 완수는 우선 이 모든 상황을 알리고 함께 방법을 찾아야겠다고 생각했다.

밭 주인이 가고 난 자리에는 뭔가 눈빛이 변한 외국인 노동자가 서 있었고, 그는 떨리던 모습과는 다르게 차분하고 느리게 밭의 주변을 돌아보고 있었다. 그러고는 바닥에 떨어져 있던 의료용 비닐을 주머니에 넣고 천천히 길 쪽으로 걸어 나갔다. 그는 나가면서도 주변을 계속 살피고 있었기 때문에 완수는 나무 뒤에서 아무것도 하지 못하고 그저 가만히 숨죽이고 있었다. 그 사이에도 완수의 발목과 손목, 얼굴에 수많은 모기가 공격해댔지만 혹시라도 움직이면 그에게 들킬까 봐, 가만히 모기들에게 피를 나눠주고 있었다.

잠시 후 외국인 노동자가 시야에서 사라지자마자, 완수는 뒤도 돌아보지 않고, 차를 향해서 뛰기 시작했다. 아무도 따라오지는 않았지만, 누가 뒤에서 따라오기라도 하는 것처럼 정신없이 달려갔다. 그렇게 또 한참을 달려 땀이 다시 온몸을 적셨을 때쯤 차에 도착했다. 운전석에 올라탄 완수는 그제서야 밀려오는 간지러움에 손목과 발목과 얼굴을 미친 듯이 긁었다. 시동을 켜고 에어컨도 제일 세게 틀었다. 그렇게 차의 온도가 떨어지고 땀이 식기 시작하자 간지러움은 좀 가라앉기 시작했고, 조금 진정이 되고 거울로 확인한 얼굴과 목에는 수십 방의 모기 물린 자국과 긁어서 생긴 수많은 생채기가 남아 있었고, 손목과 발목은 이미 더 많은 상처로 가득했다. 하지만 지금 그것보다 중요한 것은 이 수많은 상처와 바꾼 정보들이었다.

완수는 조금 진정이 되자 과수원으로 차를 몰았다. 그리고 가는 길에 장인에게 전화를 걸었는데, 무슨 일인지 장인은 전화를 받지 않았다. 완수는 급한 마음에 장모에게 전화를 걸어서 장인을 찾았다.

"장모님, 장인어른께서 전화를 안 받으시네요? 혹시 주무세요?"

"아니, 아까 어디 가볼 데가 있다고 나가셨는데? 왜, 무슨 일 있어?"

"아니에요. 뭐 시키신 게 있어서요. 장모님 저 오늘 외근이 있어서 잠시 나왔다가 현장에서 퇴근하기로 했거든요. 그래서 지금 과수원에 가는 길이에요."

"그래? 뭔 일은 없고?"

"예! 그냥 근처 온 김에 얼굴 보고 말씀드리려고요."

"그래 알았어. 조심히 와."

장모님과 전화를 끊자 왠지 몸이 으스스해지기 시작했다. 순간 차의 센터페시아를 보니 차의 에어컨이 가장 낮은 온도로 설정되어 있었다. 저 에어컨의 온도 때문인지, 아니면 잔뜩 흘린 땀이 식어서인지, 온몸이 서늘해지는 한기는 에어컨을 끄고 나서도 한참을 이어졌다. 그동안 완수의 머릿속에는 온갖 생각들이 복잡하게 뒤섞여 있었지만, 무엇 하나 명확하게 정리된 것이 없어서 선록에게 전화를 하지 못했다.

그런데 그때 마침 선록에게서 전화가 왔다.

"동서, 어디야?"

"지금 과수원 가는 길이요."

"놀라지 말고 들어. 아무래도 지금 아버지가 납치당하신 것 같아."

"예? 뭐라고요!"

선록의 말에 차갑게 식은 완수의 등줄기에 다시 땀이 흐르기 시작했다.

과수원-2

　과수원에는 아무도 없었다. 갑자기 사위들이 온다는 소식을 들은 장모는 찬거리가 걱정돼서 시장에 갔다. 사람이 없는 과수원에는 장인이 항상 틀어놓는 라디오 소리만 울리고 있었다. 포도밭에 자동으로 물을 주는 소리와 라디오 광고 소리만이 넓은 공간을 울리고 있을 때, 소리만으로도 급한 마음이 느껴지는 차가 한 대 들어왔다. 선록이었다. 선록은 거칠게 주차를 하고 나서는 바로 창고 쪽으로 들어가며, 장인을 찾기 시작했다.

　"아버지, 아버지!"

　그는 혹시 아무것도 모르고 있는 장모가 놀랄까 봐 마음은 다급하지만 최대한 진정이 된 소리로 아버지를 찾고 있었다. 그렇게 포도밭이며 텃밭이며 지하 저온창고에 2층 다락 창고까지 다 찾아봤지만 장인의 모습은 어디에도 보이지 않았다. 그는 장인이 없는 걸 확인하고 다시 본인의 차가 있는 곳으로 향하고 있었다. 그때 비슷하게 다급한 소리를 내며 완수의 차가 과수원 입구로 들어오고 있었다.

"형님! 그게 무슨 말씀이세요? 장인어른께서 납치되신 것 같다니요!"

"나랑 통화를 하시다가 전화가 끊겼는데, 그 뒤로 전화를 안 받으셔! 오다가도 전화가 한 번 왔는데, 바로 끊어지더라고."

"아니 장인어른 원래 전화 잘 안 받으시잖아요?"

"그게……, 전화가 끊긴 게 그놈이랑 같이 있을 때란 말이야. 아버지께서 그놈을 만나고 뭐라고 말을 하시다 갑자기 전화가 끊긴 거야! 근데 문제는 그놈도 지금 연락이 안 된다고!"

"그놈이라뇨? 장인어른이 누굴 만난 거예요?"

"동서가 말한 그 불륜남. 그놈이 내가 말한 그 냉동 탑차 주인이었어! 아버지가 그 냉동 탑차를 확인하러 가셨다가 같은 차인 걸 확인하고 나한테 전화를 하셨는데, 그때 그놈을 만난 것 같아. 전화기 너머로 들린 목소리지만 내가 들었거든."

"확실해요? 그럼 바로 경찰에 신고해야 하는 거 아니에요?"

"그렇긴 한데, 이게 또 아무런 증거도 없잖아. 그냥 전화 좀 안 받으신다고 신고를 할 수도 없고."

"그렇긴 한데……. 그렇다고 이렇게 가만히 있을 수도 없고……."

"근데 또 왜 어머니께서도 안 보이시지? 아까 나랑 분명히 통화를 하셨는데?"

선록과 완수의 대화는 거기서 멈췄다. 각자 자신의 머릿속에 오늘 있었던 일들과 지금의 상황이 잔뜩 엉켜 있기 때문이었다. 게다가 갑자기 연락이 끊긴 장인. 그런데 그 시간은 이제 고작 40분이 채 안 되는 시간이었고, 평소에도 그런 일은 많이 있었다. 그렇다고 별거 아니라고 이야기 하기에는 지금 장인과 그들 사이에 일어나고 있는 일들이 너무 심상치 않은 것이다. 그런데 심지어 그래서 그냥 모르는 채, 장인을 찾아다니려고 해도 어디에 가서 누구부터 만나야 하는지도 전혀 모르겠다는 것이다. 그래서 선록과 완수는 걱정되는 마음과 다르게 과수원 입구에 서서 아무것도 하지 못하고 있었다.

그런데 그때 길 쪽에서 다시 한번 거칠게 느껴지는 차 소리가 났다. 그들은 그 소리가 본능적으로 장인인 것을 직감하고 그쪽을 바라봤다. 아니나 다를까 과수원 입구로 장인의 트럭이 오프로드 경주라도 하듯이 흙먼지를 만들며 들어왔다. 장인은 정말 차를 버리듯이 입구에 주차를 하고는 트럭에서 뛰어내렸다. 뭔가 겁에 질린듯한 장인의 모습에 선록과 완수는 너무 놀라서 장인에게 달려가 양쪽 팔을 부축했다. 장인은 그제서야 긴장이 좀 풀린 건지 그 자리에 주저앉아버렸다.

"아버지! 무슨 일이세요? 어떻게 되신 거예요?"

"괜찮으세요? 물이라도 가져다 드릴까요?"

그나마 정신을 좀 차린 장인은 사위들을 보고 더 한숨을 돌린 듯했다.

"나 이제 괜찮으니까, 저기 김치냉장고 가서 맥주나 좀 가져 와."

완수는 장인의 말을 듣고 바로 집에 들어가 맥주를 챙겨 왔다. 그 사이에 선록과 장인은 원두막으로 자리를 옮겨 숨을 고르고 있었다.

"맥주 한잔 드세요."

완수가 따라준 맥주를 급하게 원샷을 한 장인은 그래도 뭔가 좀 편안해진 얼굴로 말을 시작했다.

"어떻게 되신 거예요?"

"내가 차를 확인하고 자네한테 전화를 했잖아."

"예! 그러셨죠."

"그러고 났는데, 웬 놈이 나타나서 시비를 걸잖아."

"예, 그건 들었어요."

"처음에는 이 동네 미친놈인가 했지. 근데 이상한 거야. 무슨 상관도 없는 차에 저렇게 예민하게 구나. 그래서 물어봤지. 그 놈한테."

"제가 딱 거기까지 제가 들었어요."

"근데 그놈이 그게 뭔 상관이냐고! 혹시 여기 주민은 맞냐고? 갑자기 또 따지기 시작하길래 됐다고 하고 차를 타고 나왔어."

"그런데 왜 전화를 안 받으셨어요?"

"아, 좀 들어봐. 그러니까 그렇게 나오려고 하는데, 내가 출구를 못 찾겠는 거지. 그래서 그 지하 주차장을 몇 바퀴 돌았는데, 돌다 보니까 한쪽에 까만 벤츠 한 대가 시동을 켜고 서 있는 거야. 근데 내가 못 찾아서 두 번을 더 돌았는데도 거기에 가만히 있어."

"거기가 원래 입주한 지 얼마 안 돼서 그런지 출구 표시가 잘 안 보이더라고요."

"뭐 여하튼 그때 마침 경비가 지나가길래 물어보고 나가는데, 내가 경비랑 얘기하고 출구 쪽으로 차를 돌리니까, 그때 그 차가 따라 나오는 거야."

"누가 탔는지는 보셨어요?"

"아니, 어두운 지하주차장이고 선팅도 얼마나 찐하게 했는지 하나도 안 보이더라고. 근데 뭐, 느낌은 딱 그놈이지. 근데 이놈의 차가 내가 아파트를 한참 벗어났는데도 계속 쫓아오는 느낌이 드는 거야. 그때 문득 과수원으로 오면 안 된다는 생각에 괜히 여기저기로 돌았는데, 그래도 계속 쫓아오길래, 요 앞에 신호위반 카메라 있는 사거리 있잖아. 거기서 그냥 에라 모르겠다 하고 신호위반을 하고 넘어와 버린 거야, 찍히든 말든."

"그놈은요? 안 오고요?"

"어! 뭐가 무서웠는지 서서 보기만 하더라고, 그래서 그냥 확 밟고 들어와 버린 거지."

"장인어른 큰일날 뻔하셨네요, 나참."

"그니까 이게 무슨 영화도 아니고 자꾸 이런 일들이 생기지?"

"근데 자네는 뭐래? 오늘 시청 간다고 했지?"

완수는 장인의 질문에 자기도 모르게 밭쪽으로 시선을 돌렸다. 그 모습을 바라본 장인과 선록도 자연스레 그 밭을 향하게 되었다. 완수는 그 밭을 보며 오늘 있었던 일들을 이야기했다. 저 밭에 그 외국인 노동자가 의료 폐기물 비닐에 무언가를 싸서 묻은 것부터, 공무원과 저 밭 주인이 뭔가 찝찝한 게 있는 것 같다는 것까지. 불행인지 다행인지는 모르겠지만, 처음에 이 자리에서 나누었던 각자의 사건 고민이 점점 파헤쳐질수록 하나의 사건으로 모인다는 것이 신기할 따름이었다.

"그러면 저기에 뭘 묻은 것까지, 그 불륜남이 연관되어 있을 가능성이 높다는 거지?"

"그렇죠. 아무래도 그놈이 의사라고 하고, 병원도 운영한다고 하니까. 마음만 먹으면 얼마든지 가능한 일이잖아요."

"그런데 솔직히 아직도 뭔가 확실한 게 없어요. 그저 다 심증인 거고, 우리가 보고 듣고, 추측하는 것들뿐이잖아요."

"내가 이 나이까지 살다 보니까, 무서운 게 있어. 그게 감이야. 뭐 주식이나 집값이나 이런 거에는 진짜 안 맞는 감도, 이게 뭔가 우리 가족, 내 식구랑 연관된 일이라면 기가 막히게 맞더라고. 지금 우리가 느끼고 의심하는 것들이 그냥 단순한 심증과 호기심일 수도 있지만, 자네들도 다 가장이잖아. 이건 어쩌면 자기 식구들을 보호하고 지키려고 나타나는 신기한 본능 같은 것일 수도 있어. 그러니까 이렇게까지 셋 다 이상하게 느끼는 건 우리 가족을 지키라는 경고일 수도 있는 거야."

"맞아요. 그래서 우리가 더 알아봐야죠. 이미 우리한테 너무 가까이서 일어나는 일이기도 하니까요. 우리가 뭔가 확실한 증거를 잡아서 신고하지 않는 이상, 우리는 이제 절대 편하게 살지 못해요."

"그럼 이제 뭘 해야 하죠?"

"제가 생각할 때, 아버지는 오늘 밤에 저 밭은 좀 살펴보셔야 해요. 그 외국인이 다시 파갈지도 모르거든요, "

"그렇지. 내가 이따가 눈치껏…… 아, 아니다. 우리 밭에 CCTV를 저쪽으로 돌려놔야겠네. 그럼 핸드폰으로 볼 수도 있고, 저장도 되니까 감시가 되겠네."

"좋네요. 그럼 저는 그 소아과부터 좀 알아볼게요. 주변에 의사 하는 친구가 있으니까, 출신이나 그런 것 좀 알아볼 수 있는지 물어볼게요."

"저는 아무래도 그 폐공장들도 한번 알아볼게요."

"그래, 내가 내일 용식이한테 전화해놓을 테니까 회사 핑계 대고 좀 가봐."

그래도 각자 불안했던 마음은 이렇게 모여서 말하다 보면 풀리는 것 같았다. 만약에 그들이 이렇게 터놓고 말하지 못한 채 각자 스스로 해결하려고 했다면, 이렇게 많은 것을 알아낼 수도 없었을 뿐만 아니라, 심적으로 받았을 스트레스도 보통은 아니었을 것이다. 그래서 어쩌면 그들은 각자가 자신들의 생존을 위해 본능적으로 서로를 끌어당긴 것일지도 모른다는 생각을 하고 있었다.

그렇게 마음을 좀 놓은 채 각자의 역할들을 고민하고 있을 때, 입구 쪽에서 차가 들어오는 소리가 들렸다. 평소에도 많은 사람이 오는 곳이기에 큰 신경은 쓰지 않고 있었는데, 그들이 갑자기 긴장하게 된 것은 코너를 돌아 모습을 보이기 시작한 차가 검은색 벤츠였기 때문이다. 순간 선록과 완수는 그 차가 장인이 말한 불륜남의 차라는 것을 말하지 않아도 알 수 있었다. 장인과 두 사위는 너무 놀란 나머지 그 자리에서 일어나 뒷걸음질을 치고 있었다. 마치 그 차는 그런 그들을 더 위협이라도 하듯이 부드럽게 그들의 앞으로 밀고 들어왔고, 장인은 하마터면 그 자리에서 엉덩방아를 찧을 뻔했다.

장인의 트럭을 지나 원두막 안까지 들어온 차는 약간의 흙먼지를 일으키며 멈췄다. 그리고 먼지가 사라지고 진정이 될 때쯤, 양쪽 뒷문이 열리더니 장모와 두 딸이 내렸다. 예상치 못했던 검은 벤츠의 방문과 더 예상치 못했던 장모와 아내들의 등장에 남자들은 정신을 차리지 못하고 어버버 하고 있었다. 장인은 결국, 장모가 차에서 내리는 모습을 보고 엉덩방아를 찧고 말았다.

"뭘 그렇게 놀라?"

"아빠, 거기서 뭐 하고 있어요?"

너무 놀라 TV 속의 정지화면처럼 멈춰 있는 남자들과 그런 그들의 반응을 의아해하던 여자들은 그들이 왜 이렇게까지 놀라고 있는지 궁금해하고 있었다. 그리고 남자들이 여전히 정신을 차리지 못하고 있는 사이에 운전석에서 그 문제의 불륜남이 내렸다. 남자들은 그의 모습을 보고 더 꼼짝도 못 했고, 불륜남은 마치 그런 그들이 재미있다는 듯이 아주 얇은 미소를 보이며 목례를 했다. 그의 미소를 읽은 남자들은 순간 온몸에 소름이 돋았다. 그리고 그들은 여전히 아무것도 할 수 없었다.

과수원-3

　과수원에서 순간 정적이 흘렀다. 남자의 차에서 내린 장모와 두 딸. 그리고 원두막에서 그 남자에 대한 대화를 나누던 장인과 두 사위. 그리고 그 사이에 서 있는 그놈. 처음에 몇 마디를 나누고는 아무도 섣불리 말을 못 떼고 있었다. 남자들은 너무 당황해서 말을 못 떼고 있었고, 여자들은 이 상황이 어색해서 말하지 못하고 있었다.

　그때 그래도 좀 진정을 한 완수가 먼저 말을 걸었다.

　"왜 그 차를 타고 오시는 거예요? 다들?"

　"마트 앞 사거리에서 만났어. 마침 포도즙을 사러 오신다고 해서 모시고 왔지."

　완수의 아내가 대답을 했다. 그 말에 장인이 말을 했다.

"아는 사람이야, 원래?"

"아영이 친구 아빠야! 우리 아파트 사시고."

장인은 작은딸의 말에 뭐라 할 말이 없어져 버렸다.

선록 일행이 말을 마치자 그 남자가 아주 예의 바른 태도로 말을 건넸다.

"어르신, 아까는 제가 실례했습니다. 아영이 외할아버지이신 줄 몰랐네요."

"아, 뭐 그거야 그럴 수도 있는데…….''

문득 그때 장인의 머리를 스치는 것이 있었다.

"근데 아영이네랑 같은 아파튼데, 아까 거기는 왜 왔어요?"

순간 사위들의 표정이 날카로워졌다. 그들은 그 남자가 거기에 있었던 이유야 이미 알고 있다. 사실을 확인하기 위해서가 아니라 이 상황에서 그가 뭐라고 대답하는지가 너무 궁금했을 뿐이다. 그래서 그의 입에서 무슨 말이 나오는지 모두 집중했다.

"친구가 거기 살아요. 그 친구가 지금 사정이 있어서 외국에 오래 나가 있거든요. 그래서 제가 그 집을 좀 돌보고 있어요."

예상치 못한 그의 대답에 남자들은 모두 당황했지만, 장인은 주춤하지 않고 바로 질문을 이어갔다.

"그럼 그 냉동 탑차는? 그것도 친구 차라고?"

"예, 맞아요. 그 친구가 차 그냥 오래 두면 망가진다고, 가끔 한 번씩 몰아주고 냉동도 켜달라고 부탁해서요. 제가 가끔 관리를 해주고 있거든요. 이번에 제가 스티커도 귀여울 것 같아서 좀 붙이고요."

"아니, 그런데 그런 거에 비해 좀 너무 민감하신 거 아니에요? 제가 아버님하고 통화하고 있어서 대화하시는 거 들었는데, 좀 과하시던데요."

"아, 그쪽 분도 저랑 구면이시죠? 예전에 중고 거래하신 거 같은데……."

선록은 그 남자의 갑작스러운 질문에 당황했다.

"아, 예."

"그때도 제가 좀 예민하게 굴었던 거 같네요."

"예, 맞아요."

"실은 제가 오해를 너무 많이 받아서요."

그 남자는 선록을 보고 이야기하다가 이번엔 완수를 보며 말했다.

"제가 어릴 때부터 친하게 지내던 친구들이 있는데, 다 이 근처 살거든요. 그런데 그 친구들이 다 갑자기 집을 비우게 될 사정들이 생겨서, 제가 대신 그 집들을 좀 돌보고 있어요. 근데 그래서 자꾸 제가 불륜을 하고 있다느니……, 두 집 살림을 하네, 세 집 살림을 하네, 말이 많아서요. 그러다 보니까 누가 저나 제 친구들에 대해 관심을 갖는 거 같으면, 저도 모르게 좀 예민해지더라고요. 불쾌하셨으면 죄송합니다."

그 남자의 정중한 사과에 선록은 순간 더 당황할 수밖에 없었다.

"별말씀을요. 저도 좀, 무례하긴 했죠."

하지만 그 남자의 정중한 사과에도 의심이 전혀 가시지 않은 완수는 오히려 더 날카롭게 말을 이어 갔다.

"아영이 아버님, 그럼 저한테 그렇게 말씀해 주시죠? 저랑 몇 번이나 마주치셨잖아요."

"저는 당연히 아영이 어머님께서 말씀하신 줄 알았죠."

그때 갑자기 완수의 아내가 대화에 끼어들었다.

"아니 참나. 그런 거였어? 차라리 나한테 말을 하지! 아영이 아버지, 이미 우리 어린이집이랑 맘 카페에서 난리가 났었어. 여기저기서 불륜남이라고 소문이 돌아서 하시는 소아과도 망할 뻔하셨다고. 그런데 그 친구 아내분들이 다 해명하고 오해 풀어서 아무 일 아닌 걸로 다 넘어갔단 말이야, 근데 이제서야 혼자 그 난리였던 거야?"

"아니, 그게……."

완수도 순간 당황할 수밖에 없었다. 워낙 그가 한 말이나, 아내의 말이 딱 맞아떨어졌기에, 뭐라고 자신이 반박을 할 수 없는 상황이었기 때문이다. 그런데 상황은 다른 남자들도 마찬가지였다. 지금까지 이 남자가 모든 사건의 범인이라고 단정지었던 상황이 그의 말에 하나씩 풀려나가고 있는 것이다. 순간 그들은 이 상황이 다행인지 아닌지조차 헷갈리고 있었다.

"남자분들은 모르실 수 있어요. 제가 곤란한 일을 당한 게 어차피 맘 카페에서였잖아요. 괜찮습니다. 이해합니다."

"아, 네. 오해해서 죄송합니다."

완수는 그 남자의 말과 아내의 설명에도 모든 의심이 가신 건 아니었다. 하지만 그렇다고 해도 지금 상황에서는 도저히 사과를 하지 않을 수 없는 상황이었다.

"저 그런데……."

그때 그 남자가 다시 말을 걸었다.

"제 친구 차에 왜 그렇게 관심이 많으셨는지 좀 여쭤봐도 될까요? 한 분도 아니고 이렇게 다들 관심이 많으시니 뭔가 이유가 있나 해서요."

"아 그게, 그러니까……."

선록은 순간 뭐라고 대답을 해야 하는지 답을 찾을 수가 없었다. 선록은 너무 당황한 나머지 자신도 모르게 장인을 쳐다봤다. 하지만 당황을 한 것은 장인도 매한가지여서 똑같이 땀을 흘리고 있었다. 당황한 두 사람을 보고 선록의 아내가 둘러댔다.

"그건 별거 아니에요. 이 사람이 뭘 좀 착각한 거 같아요. 신경 안 쓰셔도 돼요. 이렇게 오해가 풀렸으니까 앞으로는 신경 쓰실 일 없으실 거예요. 그렇죠?"

남자의 표정은 웃고 있었지만, 눈빛만은 선록을 쏘아보고 있었다. 선록은 그의 시선에 자기도 모르게 시선을 돌리고 장인 역시 먼 산만 바라봤다.

"근데 뭘 여기 서서 이렇게 말들이 많아요? 다들 모였고 손님도 오셨으니 식사나 다 같이 하시죠. 거기 의사 선생님이라고 하셨죠? 오신 김에 식사나 하고 가세요. 차도 태워 주셨는데."

"아니에요. 전 괜찮아요. 그냥 포도즙만 사 가지고 갈게요."

"무슨 소리세요. 저희 쪽에서 실수한 것도 있는 것 같은데. 오해도 푼 기념으로 식사나 하고 가세요. 저희 어머니 김치찜 진짜 맛있어요."

남자는 완수 아내의 권유에 마치 허락이라도 바라듯이 장인을 바라보았다. 장인도 그의 눈빛이 뭘 말하는지 알고 있었다. 마음으로는 당장 꺼지라고 말하고 싶었지만, 그는 어쩔 수 없이 대답했다.

"그래요. 밥 먹고 가요. 시간도 늦었는데……."

"네, 어르신. 그럼 실례를 좀 하겠습니다."

그 남자는 장모의 안내를 받으며 집으로 들어가고 있었고, 남자들은 꾸물거리며 뒤를 따르고 있었다. 장모는 포도밭을 지나면서 뒤에서 수군거리며 쫓아오는 남편과 사위들에게 참지 못하고 한마디씩 했다.

"그렇게 꾸물거리지 말고, 당신은 포도즙 좀 미리 창고에서 가지고 오고요. 자네들은 파랑 부추 좀 텃밭에서 따와."

"알았어."

"예."

"예."

장인과 사위들은 그렇게 따로 이야기할 시간도 없이 각자 흩어지게 되었고, 그 남자는 집으로 들어갔다.

짧은 순간 선록이 분명히 목격한 것이 있다. 그 남자가 집에 들어가기 전에 건너편 밭을 쳐다보는 모습을 본 것이다. 그 남자가 실제로 그 밭을 응시한 시간은 아주 짧았지만, 그 밭을 좋지 않은 표정으로 정확하게 응시하는 모습이었다. 선록은 아까 혹시 이 모든 것이 우리의 착각일지 모른다고 생각했다. 하지만 그 남자의 표정을 보는 순간, 다시 정신이 돌아왔다. 그의 대답은 분명히 그럴 수도 있는 상황을 가리키고 있지만, 그렇다고 해서 장인과 사위들이 경험한 모든 의혹을 해소할 수는 없다. 이것은 마치 그들이 의심하는 것이 모두 심증과 추측인 것처럼, 그의 반박 의견도 모두 그의 주장일 뿐이라는 것이 되기도 했다.

선록은 김치찜에 넣을 파를 뽑으면서, 건너편에 있는 밭을 바라봤다. 그리고 그 순간 밭을 바라보던 그 남자의 표정이 떠올랐다. 선록은 아직 그가 해명해야 할 것이 많다고, 아니 우리가 알아봐야 할 것이 많다고 생각했다.

그런 생각을 하고 있을 무렵, 하늘은 붉은 노을마저도 사라지고 점점 어두워지고 있었다. 그리고 어둠이 밭에 내려오고 있을 때, 저 멀리서 어두운 그림자가 나타나고 있었다.

"아버지! 그 외국인이요!"

선록의 눈에 저 멀리서 그 외국인 노동자가 두리번거리며 밭의 중앙으로 걸어 들어오는 것이 보였다. 선록은 큰 몸짓으로 아버지를 부르면서 목소리를 죽여 이 상황을 알렸다.

"아버지! 아버지! 그 외국인이요! 그 외국인이 밭에 나타났어요!"

과수원-4

선록은 갑자기 입이 바싹 마르기 시작했다. 아버지는 창고에 계셔서 그의 목소리를 들을 수 없었고, 집 안에 있는 남자가 들을 수도 있어서 더 크게 소리를 지르지도 못했다. 그는 급한 마음에 뽑던 파를 던지고 지하창고로 향했다. 지하창고에는 아버지가 그 남자에게 팔 포도즙을 상자에 담고 있었다.

"아버지!"

"왜?"

"저 건너편 밭에 그 외국인이 나타났어요! 아무래도 어두워지니까 나타난 거 같은데, 어제 묻은 걸 다시 파가려는 게 아닐까요?"

"아 그러네. 이걸 어쩐다······."

그때 완수도 급하게 지하창고로 뛰어들어왔다.

"장인어른! 그 외국인이!"

"알아, 알아. 지금 들었어!"

"이제 진짜 어쩌죠? 지금 누가 나가서 봐야 하는 거 아니에요?"

"봐야지! 또 뭔 짓을 할지도 모르는데!"

그때 선록이 불현듯 떠오르는 것이 있었다.

"아버지! CCTV 그쪽으로 돌리셨어요?"

"아! 그래. CCTV를 돌리면 되지! 지금 돌리자."

"여기서 조정이 돼요?"

"그럼! 핸드폰으로 조정하면 돼. 기다려 봐!"

장인은 휴대폰의 CCTV 어플리케이션을 켰다.

장인은 원래 이런 것을 잘 다루는 편은 아니지만, 이 어플리케이션만큼은 자신 있게 다룰 수 있었다. 왜냐면 과수원에서 파는 포도를 훔쳐가는 사람은 없었는데, 포도 말고 소소하게 심어진 작물들은 사람들이 수시로 훔쳐가곤 했기 때문이다. 자두나 체리, 복숭아나 석류 같은 과일들은 얼마 안 심어서 팔지는 않고 가족끼리 나눠 먹기 위해 조금씩 기르고 있는데, 꼭 그런 것들만 옆에서 지키고 있는 것처럼 따려고 날만 잡아 놓으면 그전에 다들 훔쳐가곤 하는 것이다. 처음에야 그저 동네 사람들이 조금 따가나 보다 생각했지만, 해가 거듭될수록 그 정도가 점점 심해지자 결국 장인은 CCTV라는 특단의 조치를 취할 수밖에 없었다. 이런 용도로 설치한 CCTV가 중요한 역할을 하게 될지는 아무도 몰랐다.

장인은 집 뒤편에 체리나무 쪽으로 설치되어 있던 CCTV를 어플리케이션을 통해 그 밭으로 방향을 돌렸다.

"이게 최신형 제일 좋은 거라 화질도 화질이지만, 밤에 적외선 촬영도 아주 기가 막히게 된다니까."

장인이 CCTV를 그 방향으로 돌리자, 적외선 카메라로 외국인 노동자의 움직임이 녹색을 띠며 보이기 시작했다. 그는 그 카메라를 통해서도 아주 많이 불안해하는 것이 보였고, 연신 주변을 두리번거리며 조심스럽게 밭의 중심으로 들어오고 있었다.

"이거 녹화도 되죠? 그럼 진짜 이건 빼박인데요."

"시청에도 구체적으로 문제 제기를 할 수도 있겠어요."

"그러니까! 이놈 아주 제대로 걸렸다!"

근데 그때 순간 선록의 표정이 다시 반짝이기 시작했다.

"아버지, 잠시만요! 저한테 더 좋은 생각이 있어요."

"뭔데?"

선록은 순간 목소리를 낮추며, 새로운 계획을 말했다. 그리고 그 계획을 들은 완수와 장인의 표정은 갑자기 환해지기 시작했다.

"형님! 진짜 좋은 생각인데요!"

"그래, 우선 해보자!"

계획을 다 들은 그들은 나가자마자 자신이 맡은 것을 빠르게 마무리했다.

그 사이에 그 외국인 노동자는 마치 그들을 기다려주고 있는 것처럼, 특별한 행동을 하지 않은 채 쭈뼛거리며 주변만 두리번거리고 있었다. 아마도 그쪽에서도 우리의 모습이 보이기 때문에 우리가 들어가기를 기다리고 있는 것일지도 모른다. 그들 역시 혹시라도 외국인 노동자가 자신들이 감시하고 있다는 것을 눈치챌까 봐 일부러 그쪽은 바라보지도 않은 채, 각자의 역할만 하고 있었다.

장모가 시킨 일을 다한 그들은 서로 조용히 눈빛 교환만 하며 집으로 들어갔다. 집에 들어가자 그 남자가 아내들과 즐거운 듯 대화를 나누고 있었고, 장모는 그 얘기를 들으면서 열심히 김치찜을 만들고 있었다. 거실에 있는 TV는 크지 않은 소리로 켜 있었는데, 장인과 사위들은 들어오자마자 그 TV 쪽으로 시선이 향했다.

"아버지, 그 CCTV, 거실에 있는 TV로도 볼 수 있죠?"

"그렇지! 바로 연결되어 있어!"

"그럼, 그놈한테 쟤를 보여주는 것은 어때요? 모르는 척 말이죠!"

"와! 대박!"

"그렇지!, 만약에 둘이 진짜 연관이 있고, 혹시 어제 묻은 것도 그놈이 관련이 있다면 분명히 어떤 반응이 오지 않겠어요? 그럼 그것만큼 확실한 증거는 없잖아요! 특히, 그 모든 게 녹화되고 있다는 것까지 알면, 지금처럼 저런 가증스러운 표정은 절대 할 수 없을걸요?"

아까 지하창고에서 세운 계획은 그랬다. 그저 그 CCTV 영상으로 경찰이나 시청에 신고를 하는 것이 아니라, TV를 통해서 그 외국인 노동자의 모습을 그 남자에게 보여줌으로써 그 남자와의 관계까지 확인하자는 것이었다. 그들은 계획을 실행하기 위해 집으로 들어왔고, 마침 TV도 켜있자, 자연스럽게 계획을 실행하고 있는 것이다.

"아니! 지금 우리 체리나무 있는 쪽으로 고라니 큰 놈이 훅 지나가더라고! 이놈이 또 체리 다 따먹는 거 아닌가 몰라!"

대화를 나누고 있던 딸들과 그 남자는 장인의 말에 대화를 멈추고 장인을 쳐다봤다.

"진짜? 고라니가 체리도 먹어?"

"그럼 못 먹는 게 어디 있어! 나무에 달린 거는 다 뜯어먹고 다니지!"

"우리 체리 진짜 맛있는데? 올해도 못 먹어요?"

"아니 내가 그쪽으로 돌을 던져서 쫓기는 했는데. 보자! 잘 갔는지 내가 좀 봐야겠다."

장인은 전혀 자연스럽지 않게 TV 리모컨을 들었다. 다행히
아무도 신경 쓰지는 않았다. 장인은 외부 입력 버튼을 통해서
CCTV 화면을 실행시켰다.

"우와! CCTV로 그게 보여요?"

"그럼! 요즘 얼마나 좋은데, 이거 밤에도 다 보이고 줌도 되
고, 저장도 된다니까!"

그 순간 바뀐 TV 화면에는 녹색 톤으로 이루어진 적외선 카
메라의 화면이 잡히고 있었고, 그 가운데에서 무엇인가 움직이
는 것이 보였다.

"어? 보인다! 진짜 뭐가 움직이네! 어! 근데, 여기 우리 밭이
아니지 않아? 저 건너편 밭 같은데?"

"어 그러네? 근데 저게 뭐야? 저 밭은 이 밤에 뭘 하는 거지?"

"아빠 거기 화면 확대 좀 해봐!"

"아 그럴까?"

장인은 딸들의 반응에 아주 만족스러워하며 CCTV 어플을 통
해서 화면 중심에서 작게 움직이고 있는 외국인 노동자의 모습
을 확대했다. CCTV의 성능은 진짜 좋아서 줌으로 당기자 외국
인 노동자가 삽으로 땅을 파고 있는 모습이 정확하게 보였고,
심지어 그의 표정까지 보이는 듯했다.

"참나, 그렇게 CCTV 좋은 거 찾더니 진짜 좋긴 하네! 아주 저

사람 땀방울까지 보이네. 근데 저 사람은 어제부터 밤마다 저기서 뭐한 거래요?"

장모의 말에 남자들은 숨을 죽이며, 그 남자의 표정을 살피기 시작했고, 그 남자의 표정은 애써 평온을 유지하려고 하고 있는 듯했지만, 장모의 말에 손가락이 불안하게 움직이기 시작했다. 장인은 그 남자의 그 반응에 더 신이 났는지. 카메라를 더 확대해서 그의 표정과 행동들을 자꾸 보여주고 있었다.

"저 사람 뭔가 찝찝하다니까? 심지어 필리핀에서 의대에 다녔다고 하니까 난 그게 더 이상하더라고. 막말로 지 사장도 모르게 저기다 뭘 파묻었는지 어떻게 알아?"

완수의 아내가 장인에게 대답을 하려는 순간, 그 남자가 갑자기 일어났다. 여자들에게는 그 남자가 갑자기 일어난 것처럼 느껴졌겠지만, 그의 행동을 계속 유심히 지켜보던 남자들은 그가 더 이상 참지 못하고 일어난 것이라는 것을 알고 있었다.

"제가 갑자기 급한 일이 있어서요. 잠시 통화를 좀……."

그 남자는 아주 급하게 전화기를 들고 밖으로 뛰어나갔고, 그가 나가자마자 남자들은 다시 TV에 집중했다. 그리고 얼마 후 그 화면에는 전화를 받는 외국인 노동자의 모습이 보였고, 그역시 아주 많이 당황한 모습을 보이며 갑자기 자신이 하던 일을 멈추고 급하게 자신의 밭쪽으로 뛰어나가기 시작했다. 그리고 얼마 되지 않아 그 남자는 얼굴에 땀이 맺힌 채 문을 열더니 장모에게 말을 했다.

"저, 정말 죄송합니다. 병원에 지금 응급환자가 들어와서요. 제가 지금 바로 가봐야 할 것 같아요. 밥은 다음 기회에 꼭 먹고 가겠습니다. 포도즙도 다음에 다시 사러 올게요. 정말 죄송합니다."

그는 얼마나 마음이 급한지 장모의 대답도 제대로 듣지 않고 그대로 사라졌다.

그리고 이 모든 상황을 모두 목격한 세 명의 남자들은 왠지 모를 미소가 입에 번지기 시작했다. 무엇보다도 그들이 가장 통쾌한 것은 여유 있는 척 자신들을 조롱하는 듯한 느낌을 주던 그 남자의 다급한 모습을 본 것이었다. 심지어 지금 이 상황은 그동안 심증만으로 가득하던 사건의 실체가 조금씩 구체적인 증거들로 드러나고 있다는 것도 그들을 더욱 흥분하게 만들고 있었다. 그들은 계속 이 상황을 궁금해하는 여자들과는 다르게 아주 개운한 마음으로 장모의 김치찜을 맛있게 먹었고, 장인이 일을 좀 도와달라는 핑계로 다시 나와 오두막으로 모였다. 그리고 그들은 다시 머리를 맞대기 시작했다.

"이제는 저희가 좀 더 적극적으로 움직일 필요가 있을 것 같아요. 어차피 저놈도 우리가 눈치채고 있다는 사실과 증거가 모이고 있다는 걸 안 만큼, 더 이상 천천히 알아보고 할 틈이 없을 것 같아요. 지금부터는 시간 싸움입니다."

"계획이 있어?"

"예, 있어요! 저놈의 본색을 다 까발릴 수 있는 확실한 방법이!"

선록은 눈빛을 반짝이며, 저 밭을 응시하고 있었다.

과수원-5

잠시 과수원 옆의 큰 밭을 응시하던 선록은 뭔가 정리가 되었다는 표정으로 말을 하기 시작했다.

"아버지, 아마 저 외국인 노동자는 지금 저놈을 만나러 갔겠죠?"

"그렇겠지, 아무래도."

"그리고 동서. 저기 밭 주인은 공무원들이랑 아직도 밥을 먹고 있을까?"

"글쎄요. 아까 밥 먹으러 간 지는 꽤 됐는데, 그래도 술까지는 사 주려고 하지 않을까요? 아무래도 지가 찔리는 게 있는데?"

"나도 그렇게 생각해."

"그럼 우선 저 밭에 당장 올 사람은 없을 것 같은데요. 저기부터 좀 파봐야 하지 않을까요?"

"그러네. 우선 저기에 뭔가가 있으니까. 다들 저 난리일 거 아냐?"

"그렇죠. 그러니까 우선 빨리 가서 뭔지 확인부터 하는 게 좋을 것 같아요."

"그런데 형님, 저 밭 주인도 뭔가 불안한 게 있으니까. 공무원 앞에서 더 오버한 거 아닐까요? 그럼 불안해서라도 대충 마무리하고 올 수도 있잖아요."

"아니야. 어제 묻은 게 둘이 동의한 거거나 주인이 시킨 거라면 거기서 외국인 노동자한테 그렇게 말하지는 않겠지. 지금 당장 수습하라고 할 거야! 그런데 그대로 두라고 했잖아. 그 얘기는 우선 어제 묻은 거에 대해 주인은 모른다는 거야. 다만 괜히 공무원이 삽으로 설치고 하다 보면, 뭐가 나오진 않아도 아마 의심을 받을 수 있으니 접근을 못하게 한 것 같아. 자기가 묻은 것보다 더 큰 잘못은 아니라고 생각하니까 우선 그냥 둔 거겠지. 주인 입장에서는 어차피 자기도 쓰지 않을 땅, 그 외국인이 뭘 좀 묻는 게 큰 문제라고는 생각 안 할 거야. 그냥 좀 꽤씸한 거겠지."

"그럼 형님이 생각하기에 밭 주인은 오늘은 더 이상 안 올 것 같다는 거죠?"

"그렇지, 지금 밭 주인한테는 일하는 놈이 몰래 묻은 게 뭔지

보다, 담당 공무원 단속하는 게 더 중요할 테니."

"그렇겠네요."

"그래, 그럼 내가 우선 삽이랑 플래시 좀 챙겨 올게."

장인은 바로 선록의 말에 따라 땅을 파기 위한 준비를 하기 시작했다. 완수도 장인을 따라 짐을 챙기기 시작했고, 선록은 혹시 몰라 밭쪽을 주시하며, 동태를 살피고 있었다. 다들 시간이 급하다는 것을 알고 있었기 때문에 서둘러서 움직이기 시작했고, 그들의 사이에서 긴장감이 감돌기 시작했다.

준비가 다 된 그들은 장인을 선두로 해서 그쪽 밭으로 향했다. 과수원과 밭 사이에는 울타리나 경계가 없었기 때문에 어려울 것은 없었다. 다만, 그만큼 오픈 된 공간이라는 것이 그들을 더욱 긴장하게 만들었다.

"와, 갑자기 누가 나타나면 숨을 데도 없네요."

"그렇지! 그러니까 그놈들이 대담한 거야. 이 벌판에다가 뭘 그렇게 묻은 걸까?"

"오늘은 확인만 하는 것이 좋을 듯해요. 아마 저쪽에서도 다시 파내려고 오거나 확인하려고 할지도 모르니까요."

"그래, 그러자."

그들이 그렇게 얘기를 하는 동안 어느새 그들은 밭의 중간에 도착해 있었다. 그들은 대략 어디쯤인지는 알 수 있었지만, 정확한 위치는 모르고 있었기 때문에 주위를 둘러봤다.

"여기요!"

조금 흩어져서 위치를 확인하던 그들은 완수의 낮은 외침에 누가 먼저랄 것도 없이 신속하게 모였다.

"정신이 얼마나 없었는지 제대로 덮지도 않고 갔네요."

완수가 서 있는 곳에는 흙이 파헤쳐진 상태로 아래에 있는 의료용 폐기물 비닐이 그대로 드러나 있었다. 이곳으로 걸어오는 동안에도 그들의 심장이 두근거렸지만, 막상 의료용 폐기물용 비닐까지 보고 나니 심장이 터질 것 같았다. 장인이 먼저 그 물체에 다가갔다.

"내가 좀 열어볼 테니까, 한 명이 플래시를 비추고, 다른 한 명이 사진을 찍어."

"예, 그럴게요."

장인은 막상 그렇게 말을 하기는 했지만, 쉽게 발이 떨어지지는 않는 듯했다. 장인은 다시 한번 크게 심호흡을 하더니 묻혀 있는 비닐을 파헤치기 시작했다. 이미 외국인 노동자가 제대로 수습을 하지 않은 덕에 묻혀있는 것은 생각보다 금방 모습을 드러냈다. 얼핏 보기에 크기는 초등학생 정도의 아이의 몸집과 비슷했지만, 사람의 형태라기보다는 커다란 비닐 주머니에 무엇인가 가득 담겨 있는 느낌이었다.

장인은 목장갑을 낀 손으로 비닐의 끝부분을 더듬거리며 찾았다. 잠시 후 한쪽 입구를 찾은 장인은 그 비닐을 벌려서 안쪽을 확인하기 위해 고개를 숙였다. 입구에 손을 넣어서 무엇인가를 꺼낸 장인은 이미 손에 닿는 촉감부터 불길함을 느꼈다. 참고 그것을 조금 당겨서 눈으로 확인하려고 했다. 그렇게 장인이 그것을 잡고 조금 당기는 순간, 장인은 그것의 실체를 보고 비명을 질러댔다.

"어어어! 으아아악!"

장인은 순간 자기가 어디서 뭘 하는지도 다 잊어버린 채 소리를 지르며 미친 듯이 과수원으로 뛰어가 버렸다. 장인의 모습에 같이 놀란 완수와 선록도 덩달아 같이 과수원을 향해서 뛰었다. 정신 없이 과수원을 향해 뛰는 그들은 마치 뒤돌아보면 누군가가 쫓아오고 있을 것 같아서, 뒤도 돌아보지 않고 미친 듯이 뛰었다. 그리고 과수원과 밭 사이에 있는 체리나무 뒤로 숨고 나서야 그들은 숨을 돌릴 수가 있었다.

"아버지, 왜요? 뭔데요? 뭘 보신 거예요?"

한참 뒤에 숨을 좀 돌린 선록이 밭을 살피며 장인에게 물었다. 장인은 사위들의 말에 반응도 하지 못할 정도로 정신이 나가 있었다.

"아버지, 괜찮으세요?"

"아버지? 아버지!"

장인은 한동안 멍하게 앉아있었고, 작지만 다급하게 장인을 부르는 사위들의 목소리에 조금은 정신이 들었는지, 눈빛과 얼굴색이 돌아오기 시작했다. 그리고 나서야 큰 심호흡을 한 장인은 사위들을 보며 말을 시작했다.

"저 안에 정말 시체가 있는 거 같아……."

"예? 뭐라고요?"

"정말이에요?"

장인은 더 설명은 하지 않고 자신의 목장갑을 그들의 앞에 내밀었다. 처음에는 그 장갑이 뭘 의미하는지 몰랐던 그들은 이내 장갑을 보고 놀라고 말았다. 처음에는 장인의 손에 껴 있는 장갑이 장인이 평소에 끼던 빨간색 방수장갑이라고 생각했다. 그런데 조금 자세히 보니 그것은 흰 목장갑에 빨간색 피가 잔뜩 묻어 있는 것이었다. 심지어 손가락 사이에는 머리카락 뭉치도 한 움큼 있었다. 장인의 장갑에 너무 놀라 엉덩방아를 찧은 그들은 너무 놀라 장인처럼 한동안 아무 말도 하지 못하고 있었다.

"그럼 정말 그 외국인이 저기다가 시체를 묻었다는 거예요?"

"그런 거 같아."

"그런데 사람이라고 하기에는 너무 작지 않았어?"

"뭐 꼭 어른이라는 법도 없잖아."

순간 장인의 말에 사위들은 소름이 돋았다. 그리고 더욱 아무 것도 할 수 없는 상태가 되었다. 하지만, 그래도 이 상황을 수습해야 한다는 사실은 변함이 없었다. 선록은 다시 정신을 차리고 말을 이어갔다.

"근데 우리요. 저대로 두고 오면 걸리는 거 아닌가요? 저게 사람이든 뭐든, 이대로 두면 다음에 오는 사람이 누가 왔다 간 걸 알 거 아니에요."

"그렇죠……. 그럼 다시 가서 수습을 해야죠. 이왕이면 사진도 좀 찍고요."

"그래야지……."

장인은 대답을 하면서도 저곳에 다시 간다는 생각에 다리가 떨려왔다. 실은 그는 지금 당장 이 피 묻은 장갑도 벗어 버리고 싶었지만, 지금은 다시 가서 일을 수습해야 했다.

"내가 혼자 갔다 올게. 어차피 나는 한번 봤으니까. 내가 혼자 다녀오는 게 나을 거야."

장인은 다시 심호흡을 하고, 마음을 다 잡은 상태로 사위들에게 말했다. 장인은 자신이 다녀오겠다며, 무릎을 짚고 일어나려고 했는데, 장인의 손을 본 완수가 장인을 말리며 말을 했다.

"아버지, 잠시만요. 이거 사람 머리카락이 아닌 것이 같은데요?"

"뭐?"

"아까는 너무 놀라기도 하고, 얼핏 머리카락 같아서 놀란 건데, 보세요. 이거 동물 털이에요."

완수의 말에 장인은 플래시를 켜고 자신의 손에 묻어 있는 털을 살펴봤다. 자신의 장갑에 묻어있는 피의 냄새도 맡아보던 장인은 뭔가 알아낸 듯한 표정을 지었다.

"이거 고라니다."

"고라니요?"

"어, 생각해 보니까 크기도 그렇고, 지금 이 털이나 냄새를 봐
도 고라니야, 고라니."

"고라니라고요?"

"그럼 진짜 다행히도 사람은 아니라는 뜻이네요."

"그런데 아버지, 고라니 털이나 피 냄새도 아세요?"

"그럼 대충은 알지. 고라니야 이 근처에 많은데, 뭐. 대충 고
라니나 멧돼지. 토끼나 두더지 정도는 알아. 많이 잡기도 했으
니까."

장인은 이 동네에서 평생을 살아온 사람이다. 지금이야 야생
동물의 포획이 금지되어 있지만, 그가 젊은 시절에는 덫을 놓아
잡기도 했다. 장인은 사람의 시체로만 알았던 것이 고라니라는
생각이 들자 그제서야 뭔가 정신이 차려지는 것 같았다.

"그럼, 우선 아버지께서는 여기서 잠시 계세요. 저랑 동서가
빨리 처리하고 올게요."

"아니야. 고라니면 내가 더 가 봐야지. 뭔 짓을 한 건지 봐야
하니. 생각해 봐. 고라니는 원체 흔한 야생동물이라서 지금도
여기저기서 많이들 나와. 그러니까 차에 치어서 죽는 놈들도 많
지. 벌써 요 앞에 큰 길만 봐도 일주일에 한 번은 밤에 차에 치인

녀석들이 누워 있다고."

"맞아요. 저도 얼마 전에 요 근처에서 봤어요."

"그래. 근데 그렇게 죽은 건 어떻게 하는 줄 알아?"

"뭐 요즘에야 시청에 신고해서 가지고 가라고 하지 않아요?"

"그래, 맞아. 요즘 세상에 죽은 고라니 먹을 사람도 없고, 먹고 싶다고 해도 먹어도 안 된다고. 근데 그런 고라니를 저렇게 잘 담아서 땅에 묻는다고?"

"이상한 거네요."

"그렇지. 이상한 거야. 그럼 진짜 뭐가 있다는 얘기지."

"진짜 뭐가 있나?"

그들은 다시 그 밭으로 들어가기 시작했다. 이번에는 어디로 가야 하는지 무엇을 해야 하는지가 명확했기 때문에 움직임에 주저함이 없었다. 그들은 아까보다 훨씬 빠른 움직임으로 문제의 장소에 도착했고, 주저할 틈도 없이 빠르게 그 비닐 속을 살펴보기 시작했다. 완수는 플래시로 비닐에 담겨 있는 것을 비췄고, 선록은 휴대폰으로 동영상을 찍었다. 장인은 아까와 마찬가지로 비닐을 열어 장갑을 낀 손으로 안에 들은 것들을 살펴보기 시작했다.

한참을 살펴보던 장인은 선록이 동영상을 찍기 좋게 안에 있는 것들을 꺼내 보여줬다. 그리고는 장인은 신호에 따라 빠르게 아까와 같이 정리했다. 다행히 그들이 살펴보고 정리하는 동안에 아무런 기척도 나지 않았고, 그들은 빠르게 과수원으로 돌아왔다.

과수원에 돌아온 그들은 밭 사이를 지나가며 묻은 흙먼지를 털어내고, 피 묻은 장갑을 쓰레기 봉지 안쪽에 깊숙이 버린 뒤에 밖에 있는 수돗가에서 손과 얼굴을 씻었다. 그리고 그들은 다시 원두막으로 모였다.

"아버지, 고라니 맞아요?"

"어, 맞아. 고라니는 맞고, 내가 보니까. 그게……."

"뭐하고 왔어?"

"으어어!!!"

장인이 막 고라니의 사체에 대해서 말하려는 순간, 먼저 나와서 숨어 있던 장모와 두 딸이 원두막 옆에 큰 도토리나무 뒤에서 튀어 나왔다. 어두운 조명 때문에 귀신이라도 나온 것 같았다. 어둠 속에서 갑자기 튀어나온 그녀들 때문에 그들은 정말 아주 크게 놀랐고, 선록은 원두막에서 굴러 떨어질 뻔했다.

"뭐야! 왜 거기서 나와!"

"아, 깜짝 놀랐잖아."

"왜? 무슨 나쁜 짓들이라도 했어? 왜 이렇게 깜짝 놀라?"

"무슨 나쁜 짓이야?"

"요즘 이상해. 자꾸 이렇게 남자들끼리 연락도 자주 하는 것 같고."

"뭐가 또! 왜!"

너무 놀라고 당황한 남자들은 본인들도 모르게 화를 내고 있었고, 그런 모습을 더 이상하게 느낀 여자들은 의심의 눈초리로 그들을 몰아붙이기 시작했다.

뭐라고 할 말이 없어서 서로 눈치만 보고 있는 남자들을 유심히 바라보던 장모는 장인에게 다가가 한마디했다.

"저 밭에는 왜 갔어?"

"어?"

"다 봤어! 거기다가 뭘 묻고 온 거냐고? 삽까지 들고 가서!"

"아니 그게……."

갑자기 대상을 바꿔서 선록에게 다가가 장모가 그의 눈을 똑바로 바라보며 물었다.

"그럼 자네가 말해봐. 저기 가서 뭘 하고 온 거야?"

"어머니, 그게요."

갑작스러운 장모의 질문에 선록은 어떤 대답도 할 수 없었다. 장인은 자신에게서 큰사위에게 관심이 넘어간 게 다행이라고 생각하고 있었고, 완수는 혹시라도 장모가 다음에는 자기에게 물어볼까봐 불안한 마음에 다리만 동동 구르고 있었다.

그 상황에서 선록은 이러지도 저러지도 못한 채, 장인과 장모의 얼굴만 번갈아 보며 바라보고 있었다.

과수원-6

"어차피 이렇게 된 거 다 말하는 게 좋을 거 같아요."

선록은 장인을 보며 이렇게 얘기했다. 가족은 모두 집으로 들어갔다. 느낌상 얘기가 길어질 것이라고 생각한 건지, 두 딸은 자연스럽게 맥주와 주전부리를 가지고 왔다. 그렇게 거실에 모인 가족들은 이야기 흐름을 끊지 않기 위해, 안방에서 아이들에게 '겨울왕국'을 틀어주었다.

"우선 제가 이야기할게요. 그런데 이야기가 정리가 안 될지도 몰라요. 처음 시작은 원래 각자의 사건이었거든요. 그런데 같이 이야기를 하다 보니까, 결국 그 모든 게 하나의 사건으로 모이는 것이어서 어디서부터 말해야 할지는 모르겠지만, 최선을 다해서 설명해 볼게요."

선록은 아내와 처제 그리고 장모님에게 그간의 일들을 말하기 시작했다. 시작은 자신이 목격한 냉동 탑차부터 시작해서, 완수의 사건과 장인의 사건까지 순서대로 말을 하고, 그들이 발견한 사건 간의 연결고리를 설명했다.

처음에는 말도 안 된다는 반응을 보였던 여자들도 점점 맞아떨어지는 포인트와 각자 본인들도 옆에서 느꼈던 점들이 나오다 보니, 자연스럽게 집중을 하며 빠져들기 시작했다. 결국 한 시간이 다 돼서야 오늘 있었던 사건까지 이야기를 할 수 있었다.

"아니. 당신은 미친 거 아냐? 아무리 그래도 그렇지! 회사에 반차까지 내고 거길 갔다 와? 이거 봐. 아주 모기가 회식을 했네, 회식을 했어."

"당신은 겁도 안 났어? 저기를 어떻게 가볼 생각을 했어? 그 무서운 사람들이 갑자기 오기라도 하면 어쩌려고!"

"다들 겁이 없어? 지금 나이가 몇인데, 거기에 가서 땅을 파냐고!"

이야기를 모두 들은 여자들은 각자의 남편들에게 뭐라 한 마디씩 타박을 했고, 그런 그녀들의 타박은 무엇보다 남편과 자식의 걱정이 우선임이 느껴지기 충분했다. 한 소리씩 들었지만, 누구도 그래서 그만하겠다는 말을 하지 않았고, 아무도 그만하라고 하지도 않았다. 그들에게는 어느새 모두 이 일을 해결해야겠다는 강력한 마음이 생긴 것 같았다.

"그래서 이제 어쩔 건데? 생각은 있어?"

장모의 말에 장인과 완수는 선록을 쳐다보았다.

"예, 우선 제가 생각을 해봤는데요. 아무래도 이렇게 사람이 많아지면 더 좋을 것 같기는 해요."

"뭐? 그럼 이제부터 우리도 뭘 하라고?"

"그럼 어차피 다 알았으니까. 한 명이라도 더 움직이면 도움이 되지."

"그건 맞는 말이야. 어차피 지금 얘기가 다 사실이면 우리 가족이 다 위험해질 수도 있어. 그럼 지금은 물불 안 가리고 어떻게 해서든 해결을 해야지."

장모는 평소에는 온순하고 인자한 모습이지만, 가끔 큰일이나 중요한 결정에 있어서는 대범한 모습을 보일 때가 있다. 두 사위들은 아내들을 통해서 들어본 적은 있었지만, 장모의 이런 모습을 직접 목격한 것은 처음이어서, 당황하기도 하고 든든하기도 했다.

"대신 너무 위험한 건 하지 마. 뭔가 조금이라도 구체적인 증거만 나오면 바로 경찰에 넘기라고."

"당연히 그래야죠. 저희도 그럴 생각이었어요. 그럼 우선 제 얘기부터 들어 보시겠어요?"

선록의 말에 가족들은 자신들도 모르게 몸을 가운데로 모으기 시작했다. 그때, 때마침 안방에서는 아이들을 위해 틀어놓은

'겨울왕국'에서 'Let it go'가 흘러나오고 있었다.

"우선 그놈도 어느 정도 눈치는 채고 있을 거예요. 우리가 이 정도로 의심하고 있다는 걸요."

"그렇지! 그러니까 대담하게 여기까지 왔겠지."

"예. 그건 아마도 우리가 섣불리 어떤 행동을 하지 못할 거라는 확신이랑, 그래서 좀 더 압박하면 그냥 넘어갈 거라는 생각 때문일 거예요."

"그래서?"

"그러니까 지금부터는 차라리 좀 더 본격적으로 그놈을 압박하는 게 좋을 것 같아요."

"그럼 너무 위험한 거 아니야? 사람이 궁지에 몰리면 어떤 짓을 할지 모르는 건데……."

"그럴지도 모르는데, 생각해 보면 우선 아주 위험한 사람들이 개입되어 있거나, 조직 같은 게 연루된 건 아닌 거 같아."

"왜요?"

"우선 봐봐. 그렇게 위험한 사람들이 뒤에 있거나 조직이 있었다면, 자신의 존재가 드러날 수 있는 위기가 왔을 때 분명히 이용했을 거야. 근데 동서도 나도, 심지어 아버지를 쫓은 것도 그놈 혼자서 했단 말이야. 그 말은 우선 이 사건의 주체는 그놈 한 명일 가능성이 크다는 말이지."

"근데 저기 외국인 노동자도 있잖아."

"그건⋯⋯."

"잠깐만, 이게 연관이 있을지 모르겠는데? 아까 저기 묻혀 있던 거 말이야."

"예."

가족들은 장인의 말에 갑자기 관심이 쏠렸다.

"고라니가 맞는데, 단순한 고라니가 아니야.

"단순한 고라니가 아니라뇨?"

"그 고라니. 장기가 다 분리되어 있는 거 같더라고."

"예?"

"그럼 진짜, 그거 먹으려고 그런 거 아니에요?"

"당연히 아니지. 먹을 거면 몸은 먹고 내장만 있어야지. 근데 몸이랑 내장이랑 다 있어! 게다가 먹으려고 내장을 골라냈다고 한다면 통으로 빼지, 굳이 나눌 필요가 없거든. 근데 보니까 저기에는 장기가 각각 다 분리가 되어 있더라고."

"이게 당신이 말한 것처럼 그렇게 간단한 문제가 아니라니까! 진짜 무슨 장기매매 이런 거면 어떻게 해!"

"무슨 고라니 장기를 매매해!"

"아니 의대생이라니까. 연습이라도 하는 건지 어떻게 알아?"

순간 선록의 머릿속에 스치는 것이 있었다.

"진짜 그럴지도 몰라요. 그 외국인은 공부에 대한 욕망이 엄청난 것처럼 보였죠? 그럼 학비를 벌려고 한국에 오기는 했지

161

만, 어쩌면 여전히 공부나 수술 실력 같은 것에 집착 같은 것이 있을지도 모른다는 거죠. 그놈이 지금 어떤 일을 벌이고 있는지는 모르지만, 그게 만약 진짜 의학에 관련된 것이라면 저 외국인 노동자만큼 좋은 일꾼은 없었을 거예요. 제 생각에는 저 외국인 노동자는 그놈이 하는 무엇인가를 돕는 일을 하고 있고요. 그 의사는 그 일의 대가로 돈과 저런 동물로 뭔가 수술을 연습할 수 있는 기회를 주고 있는 걸지도 모르죠."

"만약에 진짜 그렇다면 말은 되죠."

"그렇다고 해도 위험한 건 사실이잖아."

"내가 생각할 때, 당신이 말하는 것처럼 장기매매나 그런 위험하고 큰돈이 오가는 사건이라면, 우리가 이렇게 여기서 떠들고 있을 수는 없었을 거야. 벌써 무슨 일 났어도 진작에 났지."

"아 좀! 무섭게 왜 그래?"

"그러니까 내가 볼 때는 지금 이 사건은 엄청난 배후가 있는 큰 사건이기보다는 개인의 실수나 비리에 의한 단순한 사건일 것 같다는 거지. 다만, 그게 뭔지는 아직 모르지만."

"그래서 이제부터 뭘 어떻게 하자고?"

"우선 다들 할 일이 있어요. 우선 처제는 그 맘 카페에서 그놈에 대해 좀 알아봐 주면 좋겠어. 그때 그놈의 소문을 해명해 줬다는 친구 부인들을 직접 만나봐도 괜찮아. 우리가 다시 무엇인가를 캐고 있다는 것이 그놈에게 들어가면 충분히 압박이 될 테니까. 대신 그 사람들 말고도 동네에 빅 마우스들 있잖아. 그 사람들한테도 좀 물어봐. 아마 말 전하기 좋아하는 사람들은 우리가 물어보지 않은 것들도 더 많이 말해줄 수도 있으니까."

"예, 알았어요."

"그리고 당신은 그 사람이 하는 병원에 좀 가봐. 우선 딴 거보다 병원에 가면 그놈 이력이 나와 있잖아. 그 이력을 좀 보고 오고."

"그거야 인터넷에 다 나오는데?"

"알지! 근데 가서 일부러 간호사들한테 좀 물어보고 하라고, 여기 전에 어디에 계셨냐? 여기로는 왜 오신 거냐? 자식은 있냐? 그런 거 좀 물어봐. 아마 유난스럽게 좀 물어보면 그것도 그놈 귀에 들어갈 거고, 좀 푼수기 있는 간호사가 있으면 의외의 정보도 얻을 수도 있으니까."

"알았어."

"그리고 장모님께서는 저 외국인 노동자를 불러서 밥을 좀 주세요. 좀 따뜻하게."

"어? 진짜? 괜찮을까?"

"아마 지금 같은 상황이라면 절대 큰 문제는 일으킬 수 없을 거예요. 그러니까 자연스럽게 밥을 먹이면서 이것저것 캐물어주세요. 인적 사항들이요. 이제 왜 그러시라고 하는지는 아시죠?"

"어어, 그래."

"그리고 장인어른, 혹시 저희 집 쪽에 그 폐공장에 대해 좀 알아볼 수 있을까요? 분명히 저는 거기에 뭐가 있을 거 같거든요. 그냥 누구 부탁이라고 하고요. 그쪽에 지금 팔리거나 임대 나간 건 지랑, 거기서 뭘 하는지 좀 알아봐 주세요."

"어, 알았어."

"형님, 저는 그놈 감귤마켓 거래 내역 좀 보면 되죠? 거래한 사람들도 좀 만나보면 되고요."

"어 맞아. 아무래도 감귤마켓에서 거래를 계속하는 것도 뭔가 이유가 있을 것 같아서 잘 찾아보면 뭔가 나올 거 같기는 해. 최대한 많이 알아봐 주고. 혹시 여러 번 거래를 한 사람이 있으면 꼭 한번 만나 봐."

"그럼 당신은?"

"나는 우선 그놈에 대해서 좀 알아볼 거야. 준우 통해서 물어보면 그래도 그놈 히스토리는 좀 알 수 있을 것 같아서. 그리고 우리의 행동이 그놈에게 압박이 될 때쯤, 직접 한번 만나보려고."

"그놈을? 직접?"

"어."

"만나서 뭘 어쩌려고?"

"그건 우선 그놈이 어떤 놈이지 좀 더 알아보고 나서 생각해

볼 건데, 만약 내가 생각하는 게 맞는다면, 그 자리에서 자백을 받아내고 경찰에 신고해야지."

"자네가 생각하는 건 뭔데?"

"그건 제가 생각이 좀 더 정리되면 말씀드릴게요."

"그래, 우선 알았어."

"그보다 다들 조심해주세요. 제가 가볍게 말씀드리긴 했지만, 우선은 그놈이 범죄자일 가능성이 높아요. 그럼 정말 어떤 일이 벌어질지 모르는 거거든요. 그러니까 혹시 조금이라도 위험한 일이 생길 것 같으면 그냥 다 그만하셔도 돼요."

"그래, 찝찝하긴 하겠지만, 가족들 안전이 최고니까. 다들 무리는 하지 맙시다."

선록의 말에 모두들 각자의 할 일들을 걱정하고 있는 것 같았다. 선록이 말은 간단하게 했지만, 이런 일의 경험이 없는 사람들에게는 하나하나가 다 부담이고 걱정이었기 때문이다. 선록은 문득 우리가 왜 이렇게까지 해야만 하나? 라는 생각을 했다. 하지만 그때 안방에서 들려오는 아이들의 웃음 소리를 듣고 나니, 그 질문의 답을 이미 듣고 있는 듯 했다. 지금은 우리 모두 저 아이들을 위해서 어떻게든 정리를 해야겠다는 생각이 들었다. 선록의 정리로 각자의 할 일들이 정해지자 아무도 쉽게 입을 열지 못했다. 그저 눈앞에 놓여 있는 맥주들을 들고 있었는데, 그마저도 부담스러운지 벌컥벌컥 마시는 사람은 없었다. 그때 안방에서 아이들이 노래를 따라 부르는 소리가 들렸다.

"레릿꼬, 레릿꼬."

아이들의 노랫소리가 어른들의 마음을 더 무겁게 만드는 것 같았다. 왜냐면 모두 막상 주어진 상황이 너무 겁이 나고 부담스러워서 도망가고 싶은 마음들이었기 때문이다. 그래서인지 거실에 있던 어른들은 말없이 각자 들고 있던 맥주를 마시기 시작했다.

"레릿꼬, 레릿꼬."

그 밤, 과수원의 집에서는 아이들의 노랫소리와 어른들의 한숨 소리만이 가득 차 있었다.

선애-1

완수의 아내인 선애는 우선 조리원 동기들에게 먼저 연락을 했다. 같은 시기에 아이를 낳고, 같은 경험을 한 '조동'들은, 이 나이 엄마들에겐 고등학교 동창만큼이나 끈끈한 존재이기 때문이다. 선애는 그중에서도 같은 아파트에 사는 조동에게 은근슬쩍 그놈의 이야기를 물었다.

"실은 다들 분위기가 이상하기는 했어. 원체 감귤마켓 거래를 많이 하기도 하고, 할 때마다 다른 아파트에서 나오니까. 처음에 몇 번 거래해 본 사람들이 맘 카페에서 수군대기 시작한 거든. 그러다 갑자기 사람들한테 소문이 나면서 그게 이슈가 확된 거지. 그런데 그 소문이 점점 감당이 안 되게 커지니까. 갑자기 그 친구 부인들이 등장한 거야."

"몇 명이었다고?"

"우선 온라인으로는 아이디 3개가 계속 변명을 해 주더라고. 근데 그때 우리 아파트 부녀회장님이 만났을 때는 2명만 나왔다고 했어."

"근데 그 사람 부인은?"

"그게 그 사람 부인은 안 나왔다고는 하는데, 진짜 부인이랑 진짜 친했다는 사람 얘기를 들어보니까. 얼마 전에 외국에 나갔다고 하더라고, 애가 유학을 갔다면서."

"아 진짜?"

"그래서 더 좀 찝찝하긴 했는데, 원래 나름 유명한 사람이라고 하니까. 다들 넘어간 거지."

"유명한 사람이라고?"

"몰랐어? 그 사람, 인간극장에 나왔잖아. 아마 중간에 누가 그 인간극장 얘기를 해서 완전히 수습된 걸로 알아."

"인간극장에 나왔다고? 그 사람이?"

"어! 한번 찾아봐. 나도 보니까 대단하긴 한 거 같아."

선애는 조동과의 대화를 마치고, 인터넷 검색 창에 그의 이름을 검색해봤다. 그러자 오래된 자료이긴 하지만 3년 전에 인간극장에 출연한 동영상과 관련 기사를 찾을 수 있었다. 선애는 우선 이 사실은 모두와 함께 보는 것이 좋겠다고 생각이 들어서, 동영상은 보지 않은 채 다른 사람들을 더 만나 봤다.

"이상하긴 하지. 같은 남자가 자꾸 다른 집에서 나오니까. 그리고 파는 물건도 많고, 집 앞에서 여자랑 같이 본 사람도 있는데, 자꾸 아이들 얘기를 같이 하니까. 그래서 다들 대놓고 불륜하는 나쁜 놈이라고 생각했지."

"그러니까. 다들 그렇게 생각할 만하잖아요."

"심지어 웃긴 게, 거래하는 것도 좀 수상한 게 아니었어. 사지는 않고 다 판매만 하는데, 그 물건들을 다 모아놓고 보니까 온통 남자들 취미 생활하는 거 있잖아. 그런 거랑, 다 애들 육아용품인 거지. 그래서 다들 이 집 저 집 살림하면서 돈이 많이 들어가니까, 다 내다 판다고 생각했거든. 보면 또 다 비싼 것들인데, 가격도 싸게 팔더라고. 그러니까 이건 분명히 돈이 궁해서 급하게 파는 거라고 확신들을 한 거지."

"아, 맞아요. 저도 애들 거 샀는데, 우리 아기 아빠도 게임기 샀다고 하더라고요."

"그러니까 사람들 사이에서 난리가 났지! 이 놈 진짜 사람이 아니다 사람이 어떻게 그럴 수가 있냐! 그런데 뭐 다 알지? 갑자기 실드 치는 사람들이 나오니까 다들 당황을 한 거고."

"그렇죠."

"게다가 나중에 수습이 될 때 생각해보면, 너무 허술한 거야. 다 근처에서 그렇게 세 집, 네 집 살림을 하면 보통 위험한 게 아닐 텐데. 심지어 자기가 나서서 감귤마켓까지 한다고? 그럼 진짜 멍청하거나 진짜 아무 일도 아닌 건데, 또 직업도 의사라니까 아 진짜 아니구나 한 거지."

선애는 사람들을 만나보면 만나볼수록 상황이 이해가 되는 게 오히려 불안했다. 아무리 바보라도 자신이 바람을 피우면서 이렇게 집들의 간격을 가깝게 할 리도 없고, 심지어 이렇게 조심성 없게 행동할 리도 없다. 그런데 중요한 건 그래서 쿨하게 넘어가기에는 또 너무 상식적이지 않은 일이 많았다. 아무리 친한 친구들이라고 해도 친구들이 집을 비운 사이에 친구네 집 중고물품 거래까지 챙겨 준다고?

확신이 들지 않아서 선애는 벌써 10명이 넘는 사람들을 만나고 다녔다. 그런데 만나는 사람마다 하는 말은 다 같은 말이다 보니, 점점 더 혼란스럽기만 했다. 그날 저녁, 그만하고 집에 가야 하나 라는 생각이 들었을 때쯤 휴대폰 알람이 왔다.

[감귤!]

갑자기 감귤마켓에서 채팅이 온 것이다.

[안녕하세요.]

[예, 안녕하세요. 누구시죠?]

[저 201020이에요.]

[예?]

[맘카페에 해명 글 올렸던 201020이라고요. 김민철 씨에 대해 묻고 다니신다면서요.]

[아…… 예.]

갑작스러운 연락에 선애는 몹시 당황했다. 오늘 10명이나 넘는 사람들을 만나면서, 그 친구 부인들이라는 사람들을 만나보고 싶다는 생각을 하고는 있었다. 하지만 지금 그녀에게는 그녀들을 만날 명분도 없었고, 지금 그녀들을 만날 만한 상황도 아니라고 생각해서 못하고 있었다. 그런데 먼저 그녀에게 연락이 온 것이다.

[시간 되시면 잠시 뵐 수 있을까요?]

[저를요?]

[예. 제가 드릴 말씀이 있어서요.]

[아, 예……. 그럼 언제?]

[지금 시간 되시면 제가 그쪽으로 갈게요.]

[저희 아파트 아세요?]

[저도 같은 아파트예요. 그럼 10분 후에 분수 앞 카페테리아에서 봬요.]

[알겠습니다.]

선애는 갑작스러운 그녀의 연락에 너무 당황해서 약속을 잡고 말았다.

동네 사람들을 만나고 다니며, 그놈에 대한 정보를 묻는 것은 아무렇지도 않았는데, 이렇게 갑자기 그와 직접적으로 연결된 사람을 만난다고 하니까. 갑자기 심장이 뛰고 손발까지 덜덜 떨

리기 시작했다. 선애는 어떻게 해야 하나 발을 동동 구르고 있
는데, 그때 마침 선영에게 전화가 왔다.

"언니!"

"왜? 무슨 일 있어?"

"아니, 맘 카페에서 그놈 해명해 주던 여자 하나가 연락이 왔
어. 만나고 싶다고."

"뭐? 언제?"

"10분 후에."

"뭐? 10분? 시간 좀 끌어보지!"

"나도 당황해서. 어쩔 수가 없었어."

"어디서 만나기로 했는데?"

"우리 아파트 산대."

"그럼 기다려. 내가 갈 테니까. 같이 만나."

"진짜? 알았어. 고마워."

선애는 그래도 한숨이 놓였다. 연락이 온 순간 완수에게 연락
을 할까? 선록에게 연락을 할까 고민했었는데, 이렇게 되고 보
니 언니가 더 나을 것 같다는 생각이 들었다.

선영-1

    선영은 선록에 말에 따라 김민철이 운영하는 소아과에 갔다. 아이를 데리고 갈까 생각했지만, 굳이 아이를 노출시킬 필요는 없다고 생각했다. 다만 소아과에 가야 하는 이유는 만들어야 했기 때문에 고민만 하다가 결국 도착하기 전까지 아무것도 정하지 못한 채, 그놈의 소아과에 들어갔다.

    소아과에 도착해서 보니 사람이 너무 많았다. 기본적으로 아주 넓지는 않았지만, 남아 있는 좌석이 잘 보이지 않을 정도로 로비에는 아이들과 부모들로 북적였다. 그래서 간호사들도 딱히 선영에게 신경을 쓸 여유도 없어 보였다. 선영은 우선 한쪽 벽에 붙어있는 원장의 이력부터 확인했다.

    꽤 많은 이력이 있었지만, '서울대학교 의과대학 소아과 전문의'라는 한 줄만으로도 많은 것을 알 수 있었다. 우선 선영은 이력을 사진으로 찍어서 선록에게 보냈다. 선록의 친구도 같은 대학 출신이라 아마도 이놈에 대해 좀 더 쉽게 알아볼 수 있을 것이라는 생각이 들었다. 선영은 그렇게 사람들이 많아 바쁜 틈을 타서 병원을 차분하게 돌아보고 있었는데, 그때 누군가가 선영을 알아보고 말을 걸었다. 선영의 고등학교 친구 미애였다.

"선영아! 너 여기 다녀?"

"어! 미애야."

선영은 같은 동네에 살고 있지만, 자주 보지는 못하는 친구를 이곳에서 만난 것이 반갑기는 했지만, 지금 자신의 방문 목적이 진료가 아니다 보니 마음껏 반가워하지는 못했다.

"애는? 혼자 왔어?"

"아 그게 실은 이 소아과가 하도 잘 본다고 소문이 나서 옮겨 볼까 해서 왔지. 좀 분위기 좀 보려고."

"여기 선생님 좋아. 친절하기도 하고, 자상하기도 한데, 딴 거 보다 과잉진료를 안 해. 안 좋은 데는 접종도 비싼 것만 권하고 영양제도 먹이라고 하고 약도 딱 정해주고 하는데, 여기 선생님은 그런 거는 없어. 진짜 좋아."

"아, 그래?"

선영은 그놈이 경제적으로 쪼들리거나 인성에 문제가 있을 것이라고 생각했었다. 하지만 미애가 들려주는 얘기는 그와는 전혀 달랐다. 심지어 미애 옆에는 미애의 조리원 동기가 같이 있었는데, 그녀 역시 비슷한 말을 했다.

"여기 선생님이요, 진짜 검소하세요. 제가 같은 아파트 살아서 알거든요. 평소에 입고 다니시는 것도 소박하고요. 차도 작은 국산 차 타고 다니세요. 제가 알기로는 여기저기 기부도 많이 하신다고 들었거든요. 저는 그런 모습까지 보고 나니까 더 신뢰가 가더라고요."

"어? 저 어디서 보니까, 원장님 벤츠 타신다고 하던데, 되게 잘 어울리신다고……."

"아, 소문 좀 들으셨구나. 그거 친구 차라고 하더라고요. 친한 친구가 외국에 오래 나가서 가끔 차를 굴려줘야 한다고. 아, 이상한 소문 들으셨구나."

"네, 좀 이상한 소문이 있다고 하던데."

"그게 무슨 소리야?"

"여기 원장님 맘카페에서 소문이 좀 안 좋았거든. 지금은 뭐 다 해결된 걸로 아는데."

"아, 그렇죠?"

"예, 우선 다른 건 모르겠고요. 정말 검소하고 자상하시긴 해요. 지난번에 저희 아기가 열 감기가 왔는데, 전화 드렸더니 8시까지 기다려 주신 적도 있거든요."

"아, 예."

선영은 뭔가 이상한 기분이 들기 시작했다. 짧은 만남이긴 하지만, 본인이 그놈을 만났을 때의 느낌도 이들과 크게 다르지 않았기 때문이다. 처음, 선록에게 그놈에 대해 들었을 때는 그놈이 정말 연기를 잘한다고 생각했었다. 그리고 그렇게 생각하고 그놈의 행동들을 되짚어보니 소름이 끼치던 것도 사실이었다. 하지만 이렇게 또 가까이서 그놈을 만났던 사람들의 이야기를 듣다 보니, 뭔가 너무 다른 느낌이어서 혼란스럽기 시작했다.

"여기로 옮기셔도 괜찮으실 거예요. 저도 첫째라 여기저기 진짜 많이 알아보고 다녔거든요. 근데 여기가 제일 믿음이 가더라고요. 그리고 혹시라도 불안하시면, 여기 원장 선생님이 나왔던 인간극장 한번 보세요. 그럼 아마 신뢰가 생길 거예요."

미애의 조동은 내가 묻기도 전에 먼저 그놈이 인간극장에 나왔던 것을 찾아서 보여줬다. 선영은 그녀가 보여주는 그 영상을 보면서, 이건 모두 함께 모여서 보는 것이 좋겠다는 생각이 들었다.

선영-2

선영은 선애와 통화를 끊자마자 선애의 집으로 향했다. 다행히도 근처에 있었기 때문에 5분이면 도착할 수 있었다. 선영은 선애의 상황에 당황하기는 했지만, 그래도 둘이 함께라면 그래도 괜찮을 것 같다는 생각이 들었다. 다만, 이 상황을 선록에게는 미리 전하는 게 좋을 듯했다.

"오빠."

"어, 무슨 일 있어?"

"나 지금 선애한테 가는 길인데, 선애가 그놈 쉴드쳐주던 여자한테 연락이 와서 만나자고 했대."

"뭐? 지금?"

"어, 당황해서 급하게 약속을 잡았나 봐."

"그럼 우선 당신이 녹취해. 그리고 혹시 무슨 일 있으면 바로 연락을 주고, 혹시 모르니까 나도 갈게."

"어, 알았어. 오빠는 얼마나 걸리는데?"

"나 한 40분은 걸릴 거야."

"알았어요."

선영은 우선 도착하자마자 휴대폰의 녹음 기능을 확인하고 미리 켜두었다. 그리곤 선영은 바로 선애가 말한 약속 장소로 갔다. 다행히 상대방은 아직 오지 않았고, 선애만 발을 동동 구르고 있었다.

"야, 긴장 좀 풀어."

"언니 나 미치겠어. 떨려서."

"너 떠는 거 백 미터 밖에서 봐도 다 알겠다. 아직 안 온 거야? 연락 없어?"

"밖에서 들어오는 길이라 5분 정도 늦는대."

"다행이다. 근데 왜 갑자기 그러지?"

"내가 오늘 여기저기 많이 쑤시고 다녔거든, 그게 소문이 났나 봐."

"근데 그거 네 형부가 노린 거잖아. 그래서 우린 그놈한테 반응이 올 줄 알았지. 이렇게 의외의 인물이 튀어나올 줄 알았나, 뭐."

"그러니까. 나도 그놈한테 연락이 오면 형부가 만날 줄 알았지. 아, 나 너무 무서워."

"뭐가 무서워. 그쪽도 똑같은 사람이야. 오히려 꿀리는 게 있으면 거기가 더 떨고 있을지도 몰라."

그렇게 겁먹은 선애를 선영이 달래는데, 하지만 그러는 선영도 떨리는 건 마찬가지였다. 다만 동생이 너무 긴장하고 있었기 때문에 그 티를 내지 못하고 있을 뿐이었다.

그때 아파트 입구 쪽에서 누군가가 이쪽으로 걸어오는 게 보였다.

"저 사람인가?"

"그런가?"

둘은 떨리는 마음으로 멀리서 걸어오는 사람의 모습을 보려고 애를 쓰고 있었다.

"아, 아냐. 옷 입은 게 교복이잖아."

다행히도 멀리서 걸어오던 사람이 가로등 밑을 지나오자 교복이 드러났다. 둘은 그녀가 아니라는 생각에 마음이 놓이면서 한숨을 돌렸다. 그녀들은 춥지도 않은 날씨였지만, 마치 겨울이라도 온 듯 손을 모으고, 발을 동동거리고 있었다. 그런데 그 여고생이 그녀들에게 다가와서 말을 걸었다.

"안녕하세요."

"네?"

"두 분이 나오셨네요?"

"네?"

"저예요. 201020."

"네?"

"저라고요. 201020."

순간 선영과 선애는 아무 말도 하지 못하고 있었다. 그녀들은 당연히 자신들 또래의 주부일 거라고 생각했었다. 그런데 아주 어려 보이는 여고생이 당당하게 자신들에게 말을 거는 것을 보고 그녀들은 너무 황당하고 당황해서 말문이 막혀버렸다.

"많이 놀라신 거 같은데, 제가 먼저 말씀드릴게요. 민철이 삼촌은 저희 아빠 친구세요. 나이는 달라도 어릴 때부터 알고 지낸 불알친구."

당돌한 여고생의 태도와 단어 선택에 그들은 이미 기가 꺾여버린 기분이었다.

"저희 엄마가 2년 전에 돌아가셔서 아빠랑 동생이랑 저만 살았는데, 가깝게 살아서 삼촌이랑 아줌마가 많이 도와주셨어요. 근데 작년에 저희 아빠도 갑자기 외국에 오래 나가시게 돼서, 삼촌이 저희를 돌봐 주고 계신 거예요. 그러니까 그만 힘들게 하셨으면 좋겠어요. 민철이 삼촌도 많이 힘들어 하셨어요. 하필이면 한참 소문이 흉흉할 때, 아줌마까지 다온이 유학 때문에 외국에 나가셔서요. 이미 아는 사람들은 다 아는 얘긴데 새로운 분들이 나타나실 때마다 저희는 언제까지 이래야 하나 싶어서요. 좀 지치거든요. 정말 죄송하지만 부탁드립니다. 이제 그만 관심 갖지 말아 주세요."

당찬 아이의 말을 듣고 있다 보니, 둘이 뭔가 어린아이를 괴롭히고 있는 것 같아서 기분이 별로였다. 그 아이는 조금 흥분한 듯했지만 차분했고, 표정도 태도도 예의 바른 모습이었다. 그래서인지 선애와 선영이는 더 뭐라고 할 말이 없었다. 그저 알았다는 말 밖에는.

"미안해. 우리가 몰랐네."

"앞으로 그러지 않을게. 미안하다."

"이해해 주셔서 감사합니다. 저는 괜찮아요. 그저 관심만 갖지 말아 주시면 좋겠어요. 저희는 아주 잘 살고 있거든요. 그러니까 부탁드립니다."

아주 단정한 모습으로 예의 바르게 부탁하는 아이의 모습에 선영과 선애는 더 작아지고 부끄러워지고 있었다. 그럼에도 불구하고 선애는 물어보고 싶은 말이 아주 많이 있었다. 하지만 차마 지금 이 아이에게는 절대 물어볼 수 없다는 생각이 들었다.

뭔가 여기서 딱 끝나 버리는 느낌. 그녀들은 찝찝했지만, 어쩔 수 없었다.

여고생은 다시 한번 정중하게 인사를 하고 돌아갔고, 둘은 그 자리에 서 있었다. 오늘 하루 아주 많은 것을 알게 된 것 같지만 이것으로 모든 게 마무리가 된 느낌이었다. 선애가 먼저 입을 열었다.

"우와, 진짜 깔끔하게 끝나네."

"그렇지? 쟤가 나와서 저렇게 얘기를 해 버리니까. 우리가 뭔가 굉장히 잘못하고 있다는 생각까지 들어."

"언니, 근데 너무 이상하지 않아? 얼마 전에 엄마가 죽었는데, 아빠가 애들만 두고 해외를 나간다고? 그것도 이렇게 오래?"

"그렇지? 이상해."

"그리고 아무리 어릴 적부터 알고 있는 오래된 친구라고 해도, 친구한테 부탁하지는 않잖아. 보통은 이런 상황이면 할머니나 할아버지나 친척들한테 맡기지."

"그렇지! 게다가 저 사람이 돌봐 주는 게 얘네 집만이 아니잖아. 우리가 대충 알아본 것도 세 집인데."

"그러니까, 뭔가 있기는 있는 거 같아."

"근데 쟤가 저렇게 나와 버리니까 뭘 묻지도 못하겠고, 미치겠네."

"그러니까. 그래도 이대로 끝낼 수는 없잖아?"

"그런데 이제 뭘 더 어떻게 알아보지?"

"근데 더는 안 돌아다녀도 돼. 이것만 보면 그래도 저 사람에 대해 대충 알 수 있지 않을까?"

선영은 자신의 핸드폰에서 저 놈이 출연했던 인간극장을 검색했다. 그 순간 선애도 깜짝 놀랐다.

"어! 나도 알아, 이거! 여기 나왔다며."

"그래. 그러니까 이걸 먼저 다 같이 보자. 여기에는 나오겠지. 이놈이 진짜 어떤 놈인지."

장모-1

　장인은 아침부터 친구들을 만나러 나갔다. 장모는 이미 알고
있었다. 큰사위가 말했던 폐공장에 대해서 알아보러 갔을 것이
라는 것을. 남편이 서둘러서 나가자, 본인도 선록이 부탁한 일
을 해야겠다고 생각했다. 하지만 장모는 그들의 전화번호도 모
르고, 워낙 왕래를 하지 않고 살던 사이라서 무언가의 명분이
없으면 무작정 찾아가기도 너무 애매했다. 그때, 때마침 눈앞에
잔뜩 쌓여있는 비료가 보였다. 실은 그 비료 때문에 아침부터
장인과 다툼이 조금 있었다. 장인은 선록이 부탁한 것부터 하고
와서 치우겠다고 했고, 장모는 지금 다른 일을 할 때, 너무 걸리
적거리니 이것부터 치워달라고 했다. 장인은 결국 친구들을 만
나러 그냥 나갔고, 장모는 어쩔 수 없다고 생각하고 있었다. 그

런데 저 비료가 뭔가 좋은 명분이 될 것 같았다.

장모는 쟁반에 쑥떡 한 접시를 들고 밭에 찾아갔다. 밭 주인과 외국인 노동자는 마침 자리에 있었다.

"저 혹시 시간 되면 나 좀 도와줄 수 있어요?"

"예? 무슨 일이신가요?"

"우리 집 양반이 갑자기 일이 생겨서 아침부터 급하게 나갔는데, 글쎄 어제 배달 온 비료를 길목에다 딱 막아놔서 말이에요. 오늘 내가 할 일이 많은데, 저기에 저렇게 있음 하루 종일 걸리적거릴 것 같고, 우리 집 양반은 나가서 언제 올지도 모르니까 부탁 좀 하려고요."

장모가 갑자기 찾아와서 이런 부탁을 하자 밭 주인은 당황하는 기색이 역력했다. 하지만 자신이 장인에게 말을 해놓은 것도 있고, 자신의 밭이 훤히 보이는 과수원 사람들하고 잘 지내는 것이 좋다고 생각한 그는 외국인 노동자에게 말했다.

"제크, 가서 좀 도와드려."

"제이크요."

"그러니까 제크 갔다 오라고."

"예, 알았겠습니다."

장모는 밭 주인에게 인사를 하고 앞장을 섰다. 외국인 노동자는 조용히 장모의 뒤를 따라 왔다. 장모는 이 외국인 노동자가 한 행동과 지금의 사건들 때문에 너무 겁을 먹었던 것은 사실이다. 그래서 처음에는 장인이 있을 때 불러볼까도 했지만, 그래도 선록의 말대로 오히려 우리가 모든 걸 잘 알고 있다고 생각하니, 그가 더 섣불리 무엇인가를 못할지도 모른다고 생각했다. 그런데 상황이 그래서 그런지 뒤에 쫓아오는 외국인 노동자의 표정이 아주 많이 불안해 보였다.

"이름이 제이크예요?"

"예, 제이크."

"가족은요?"

"가족, 없어요. 혼자예요."

"미안해요."

"아닙니다. 너무 어릴 때 죽어서요. 괜찮아요."

순간 장모의 마음이 먹먹해졌다. 그에게 뭔가 삶의 고통을 함께 나눌 사람이 없다고 느껴져서인 것 같았다. 장모는 그래서 더 이상 무엇인가 말을 하지 못했고, 그렇게 말없이 과수원에 도착했다. 과수원에 도착한 제이크는 말도 없이 비료부터 들었다. 순간 당황한 장모가 한쪽 구석을 가리키자, 그는 말없이 그곳으로 비료를 옮기기 시작했다. 장모가 바라보는 그는 눈치도 빠르고 손도 빨랐다. 작은 체구임에도 불구하고 30개가 넘는 20kg짜리 비료 포대들을 순식간에 다 옮겼다.

"밥은 먹었어요?"

"아뇨."

"제이크, 그럼 밥 먹고 가요."

"사장님도, 밥……."

"내가 갈 때 좀 싸줄 테니까, 제이크는 먼저 먹고 가요."

"예."

"그리고 말 편하게 해도 돼요. 우리말 잘하는 거 알아요."

"예?"

"어쩌다 보니 알게 됐어요. 그러니까 편하게 말해요."

제이크는 장모의 말에 처음에는 당황했지만, 이내 이해했다는 표정으로 편해졌다. 장모는 처음에 집안에서 밥을 차려줄까도 생각했지만, 아무리 그래도 잘 알지 못하는 사람을 혼자 있는 집에 들이는 건 좀 꺼려졌다. 그리고 제이크가 거실에 있는 TV를 보면 더 불안해할 수도 있다는 생각에, 자연스럽게 밖에 있는 테이블에 밥상을 차렸다.

"우리도 날이 좋으면 가끔 여기서 먹어요. 경치도 좋고 하니까."

"예, 감사합니다."

"뭐 좋아해요?"

"저 한국음식 다 좋아합니다."

"다행이네요. 차린 건 없지만 많이 먹어요."

제이크는 눈치보지 않고 맛있게 밥을 먹기 시작했다. 장모는 정말 한국음식을 좋아해서인지, 아니면 자신의 음식이 입에 맞아서인지는 모르겠지만 아주 맛있게 먹고 있는 제이크의 모습을 보자 마음이 좋기도 하고, 안쓰럽기도 했다.

"그럼, 필리핀에서는 누구랑 살았어요?"

"선교원이요. 학교 다닐 때까지는 삼촌하고 살았는데, 조카들이 너무 많아서 중간에 나왔어요."

"의대생이라고 하지 않았어요? 그럼 거기 어떻게 들어 갔어요? 아! 무시하는 건 아니에요."

"의사 선생님이 도와줬어요."

"의사 선생님?"

"그때 저한테 전화한 김민철 선생님."

"예?"

"다 들었어요. 그날 제가 하던 거 다 봤다면서요."

순한 얼굴로 맛있게 밥을 먹고 있던 제이크는 그날 이야기가 나오자, 갑자기 표정이 변했다. 그 표정이 장모를 위협하기 위한 표정이 아니라는 것은 알고 있었지만, 그래도 장모는 순간 등에 식은땀이 흐르기 시작했다. 장모는 그저 선록에 말에 따라 무언인가를 알아내거나, 그놈에게 자극을 주려고 했던 거였는데, 지금 이 상황은 뭔가 또 장모가 구석에 몰리는 기분이었다.

"어…… 그게……."

"알아요. 저를 어떻게 생각하는지. 그런데 어쩔 수 없어요."

"뭐가 어쩔 수 없어요?"

"의사 선생님, 제 은인이에요. 제가 학교 관두고 관광객들 소매치기하고 있을 때 선생님이 구해줬어요."

"소매치기였다고요?"

"삼촌 집에서 나와서 갈 데가 없었어요. 그래서 친구들이랑 클럽 같은 데 옆에서 관광객들 돈을 훔쳤어요. 그러다 그 의사 선생님이랑 친구들 만났고요. 내 손을 보더니 재주가 많다고. 눈을 보더니 머리도 똑똑한 거 같다고, 갑자기 데리고 가더니 선교원에 보냈어요. 그리고 공부하라고, 내가 오늘부터 네 아빠라고. 앞으로 네가 공부하는 돈은 다 줄 테니까. 하고 싶은 공부해 보라고. 대신 꼭 공부를 잘해야지 주는 거 아니니까. 하다가 하기 싫으면 그만둬도 되고, 다른 거를 해도 된다고. 여기가 싫으면 언제든지 한국에 와도 되니까. 우선 뭘 하고 싶은지 찾아보라고 했어요."

"그 의사 선생님이요? 갑자기요?"

"예, 자기도 그랬대요. 그러니까 나도 부담 갖지 말고 받으라고. 그래서 진짜 죽어라고 공부했어요. 한국어 공부도 그때 하고요. 나보고 아들이라는데, 말을 못 알아들으면 어떻게 해요? 그래서 한국말로 대화하고 싶어서 공부했어요. 그리고 나도 의사선생님처럼 되고 싶어서 의대에 갔고요. 그러다가 갑자기 선생님이 보고 싶어서 한국으로 왔어요. 롤모델이니까. 어떻게 사는지도 궁금했거든요. 그런데 와서 보니까, 선생님도 부자가 아니었어요. 선생님이 챙겨야 하는 사람들이 너무 많았어요. 그래서 하지 말라고 하는데, 제가 여기서 일하겠다고 한 거예요."

"아이고……."

장모는 지금 무슨 영화 이야기를 듣는 것 같았다. 제이크의 처지도 너무 딱했고, 온 가족이 분명 나쁜 놈일 거라 생각했던 사람의 실체가 이렇다는 사실도 믿기지가 않았다. 장모는 들으면서 둘 중에 하나는 잘못된 것이라고 생각했다. 제이크가 거짓말을 잘하는 것이든지 아니면 우리가 착각했든지. 머릿속으로는 제이크가 거짓말을 하는 것일지도 모른다고 생각했지만, 그의 눈빛과 표정이 너무 진실해 보여서 장모는 지금 어떤 판단도 할 수가 없었다.

"그러면 저기다 뭘 그렇게 묻은 거예요?"

장모는 그래도 확인은 해봐야겠다고 생각했다. 우리 가족이 지금 의심을 하고 있는 것은 사실이니까. 아니 그들의 행동이 의심스러운 것은 사실이니까.

"죄송합니다. 그건 말할 수 없어요. 대신 확실하게 말할 수 있는 건, 선생님도 나도 나쁜 사람 아니에요. 믿어주세요."

"알았어요."

결국 장모는 아무것도 확인하지 못했다. 물어보지도 않은 것을 이렇게 많이 이야기한 제이크가 더는 말할 수 없다고 하는 것이, 더 이상은 자신을 통해 알아낼 것은 없으니 포기하라는 말로 들렸기 때문이다.

"진짜예요."

"알았다고요. 밥 식겠다. 내가 밥을 주고 말을 너무 시켰네. 어서 먹어요."

말을 다한 제이크는 배가 고팠는지, 허겁지겁 밥을 먹기 시작했고, 장모는 문득 맥주를 달라고 찾아왔던 그 밤이 생각났다. 장인과 장모는 그날 그가 이상하다고 생각했다. 밤에 무엇인가를 몰래 묻다가 과수원으로 와서 맥주를 찾던 모습. 어쩌면 지금 이 모습과 비교해보니, 그는 그 순간 정말 누군가가 주는 시원한 캔맥주가 간절했을지도 모른다는 생각이 들었다.

제이크는 밥을 두 그릇이나 해치운 뒤에 밭 주인의 몫까지 들고 밭으로 돌아갔다. 음식이 쏟아질까 조심스럽게 가고 있는 제이크의 뒷모습을 보면서 장모는 뭔가 애잔한 감정이 느껴졌다. 그리고 계속되는 의문이 있었다. 과연 저 사람이 다른 사람에게 피해를 줄 만한 행동을 했을까? 장인이 말했던 감이라는 것이 장모에게도 있었다. 장모는 이곳에서만 오래 살아왔지만, 이 과수원에서 주로 찾아오는 손님들을 상대했기에 사람을 보는 눈은 나쁘지 않았다. 특히 장모는 남들에게 못된 짓을 하는 사람들은 자신도 모르게 피하게 되는 것이 있었다. 그런 것은 누군가에게 들어서 미리 피해지는 것도 있었지만, 자주 만나는 사람들 중에도 유난히 정이 안가고 가까워지기 싫은 사람들은 꼭 나중에 안 좋은 소문이 돌곤 했다. 그런 장모가 보기에 제이크는 결코 정이 안가는 사람은 아니었기 때문에 머릿속에서 의구심이 가시지 않는 것이었다.

"우리가 혹시 뭔가 오해하고 있나?"

장모가 제이크의 뒷모습을 보며 그런 생각을 하고 있을 때, 장인이 친구들을 데리고 돌아왔다.

"우리 밥 좀 줘."

"예? 식사 약속 가신 거 아니었어요?"

"거기 코다리 집 가서 먹으려고 했는데, 오늘 장사 안 한대. 근데 이놈들이 당신이 해준 청국장이 갑자기 먹고 싶다길래 그냥 데리고 왔어. 근데 누가 왔었어?"

장인은 제이크가 먹고 간 밥상을 보며, 장모에게 물었다.

"저 밭에서 왔다 갔어요. 애들이 불러서 밥 한번 먹으라고 했잖아요."

"아! 왔다 갔어? 나 있을 때 부르지."

"그냥 나 혼자라도 낮인데 별일 있겠나 싶어 불렀어요."

"비료는 언제 치웠대?"

"제이크가 치워주고 갔어요."

"제이크가 누군데?"

"그 필리핀에서 온 애요."

"걔 이름이 제이크래?"

"예."

장인은 그 외국인 노동자의 이름을 듣는 순간, 기분이 이상해졌다. 원래 자신의 성향이 정이 좀 많고 사람을 좋아하는 성격이긴 했지만, 그냥 이놈 저놈, 아니면 그 외국인 노동자라고 부르던 사람의 이름을 알게 되니 갑자기 그가 자신의 인생에 훅 들어오는 느낌이 들어서였다. 제이크. 처음부터 참 불편한 존재였지만, 이름을 알고 나니 오히려 더 불편해졌다. 뭔가 내 인생에 오래 머물 것 같은 불안한 마음이 들어서였는지도 모르겠다.

"와서 다 치워주고 갔어요."

"그래?"

장인은 애써 제이크를 떠올리지 않기 위해 친구들에게 물었다.

"우선 그 얘기부터 해봐. 그 폐공장이 지금 임대가 나갔다고?"

"그래, 거기 임대 나간 지 꽤 됐어. 한 2년은 됐지, 아마?"

"그럼 거기 공장이 돌아가는 거야?"

"아니, 그게 신기해. 빌리긴 했는데, 공장은 안 돌아. 여전히 불도 안 켜고, 비어있는 거 같아."

"그래? 거기 혹시 도박장이나 뭐 그런 거 아냐?"

"나도 그런 게 좀 찜찜했거든. 그런데 그럼 거기 차라도 다녀야 되는데, 내가 거기에 차 들어가는 걸 본 적이 없거든. 내 사무실이 딱 보이잖아. 뭐 내가 하루 종일 보고 있는 건 아니지만, 그래도 하루 종일 차 한 대 안 들어가."

"그럼, 그냥 빌려서 비워 둔다? 월세만 내면서?"

"그러니까, 이게 아무리 폐공장이라 주인이 엄청 싸게 줬다고 해도, 비용이 만만치는 않거든. 근데 그러고 있더라고. 아! 맞다. 더 이상한 게 있네!"

"뭔데? 뭐야?"

"얼마 전에 전기기사가 사무실에 왔는데 나한테 묻더라고, 저기 뭐 하냐고? 임대는 됐는데 지금은 아무것도 안 한다고 했더니, 신기해하더라? 거기서 전기는 계속 쓴대. 그래서 그 전기기사도 여기저기 돌아다니니까 봤는데, 공장이라고 하기에는 전기를 적게 쓰고, 그렇다고 아무것도 안 한다고 하기에는 전기세가 계속 나오니까 궁금해서 물어봤다는 거지."

"뭐가 있네, 있기는."

"그렇긴 한데, 알 수는 없지. 남의 공장에 맘대로 막 가볼 수도 없고."

"거기 주인이 누군데?"

"철물점이 주인이야."

"철물점? 거기 아들이 뭔 사업한다고 하지 않았어? 아직 공장 안 줬어? 땅이니 뭐니 다 줬다고 하더만."

"다 줬는데 그거 하나만 자기가 맘대로 쓰겠다고 남겨 둔 거라고 하더라고."

"그 망한 공장은 뭐 하게?"

"모르지 뭐. 근데 아무리 그래도 거기 땅이 얼만데. 공장은 안 돌아가도 나중에 개발이라도 되면 대박이지 뭐."

"그러니까. 그런 거를 아들이 가만 뒀대?"

"모르지, 뭐. 아 근데 철물점이 가끔 가긴 하더라고."

"그 공장에?"

"어, 한 일주일에 한 번씩은 가던데? 어? 근데 생각해보니까 최근에는 또 안 보인지 꽤 됐네. 철물점도 한 두어 달 전에 관두더니."

"그래? 근데 철물점이 거긴 왜 가? 그 임대인하고 원래 알던 사람이야?"

"에이 어떻게 알아? 임대인은 서울에서 내려온 의사라던데, "

"뭐? 거기 임대한 게 의사라고?"

"어. 말 안 했나? 내가 계약해줬잖아. 저 옆 동네에서 소아과 하는 의사라던데? 뭐하려고 임대하냐니까 암말도 안 하고."

장인은 순간 소름이 돋았고, 장모는 들고 오던 청국장을 떨어트릴 뻔했다. 그럴 수도 있겠다고 생각했고, 그래서 이렇게 불러서 물어본 거지만, 막상 이렇게 명확하게 답이 나오니까 덜컥 겁이 나기 시작했다. 궁금했던 내용이 모두 풀려서 그런 건지, 아니면 그 뒤의 현실이 두려워서 그런 건지. 장인과 장모는 더이상 그들과 폐공장에 대한 이야기를 할 수 없었다. 그렇게 기억에도 남지 않을 만한 대화들과 함께 식사가 끝났고, 둘은 친구들이 돌아간 후에도 한동안 멍하게 있었다.

"제이크 의대에 보낸 거."

"뭐?"

"제이크가 고아였는데, 공부시켜서 의대에 보낸 게 그 의사래. 우리가 의심하는 놈."

의자에 앉아 멍하게 있던 장모는 그들의 시야에 제이크가 들어오자 자연스럽게 그에 대한 이야기를 했다. 장인은 장모의 말을 들으면서, 슬픈 표정으로 그를 바라보고 있었다. 장모는 아주 크게 놀란 일이었지만, 모든 것이 밝혀지고 있는 상황에서 장인은 그렇게 큰 충격은 아니었나 보다. 아니면 그도 이 모든 사건이 어떤 악의에 의해서 벌어지고 있는 사건은 아니라는 느낌 때문이었는지도 모르겠다. 하지만, 제이크와 그놈에 대해 들으면 들을수록 궁금증이 커지는 것도 사실이었다.

도대체 뭐지? 뭐가 진실인 거지? 그들은 너무나도 많은 사실들이 조각처럼 머리로 들어오고 있어서 마치 손녀들이 좋아하는 퍼즐을 맞추고 있는 느낌이었다. 하나하나의 조각들은 도대체 어떤 진실을 만들려고 하는 건지, 장인은 조각이 많아지고 선명해질수록 점점 더 겁이 나고 있었다. 그때 이 모든 퍼즐을 맞출 수 있는 틀이라도 가지고 있을 것 같은 선록에게서 전화가 왔다.

"아버지, 오늘 저희 다 갈게요. 아무래도 좀 같이 봐야 할 게 있어서요."

"그래? 근데 여기도 할 말이 많아."

"다들 그런 거 같아요. 전화로 길게 말씀드리기 좀 그래서요. 제가 이따 가서 말씀드릴게요."

"그래, 알았어."

"어머니 밥 하실 정신 없으실 거 같으니까, 그냥 시켜 드시자고 전해주세요."

"그래."

전화기 너머로 이미 이야기를 들은 장모는 선록이 참 세심하다 생각했다. 그렇게 세심하니 지금의 이 사건들도 이렇게 풀어가는 게 아닌가 싶기도 했다. 장모는 선록의 말을 듣고 생각해보니 아침에 뭔 정신으로 두 번이나 밥상을 차렸나 싶었다. 지금은 뭔가 마음도 복잡하고 심란해서 아무것도 할 수가 없었기 때문이다. 그렇게 장모와 장인은 아무것도 하지 않고 멍하게 한참을 앉아 있었다. 그리고 장인과 장모가 바라보는 풍경에는 멋진 하늘도, 푸르른 나무들도, 탐스러운 포도들도, 그리고 밭을 일구고 있는 제이크의 모습도 들어왔다.

과수원-7

긴 하루를 보낸 가족들은 결국 다시 과수원으로 모였다. 장인과 장모는 여느 때와는 다르게 아무런 준비도 하지 않고 가족들을 맞이 했다. 이미 저녁은 간단하게 치킨을 먹기로 했고, 다만 아이들 밥만 먼저 먹이기로 했다. 도착하자마자 선영과 선애는 장모가 하지 못한 집안 정리와 저녁 먹을 준비를 하고, 선록과 완수는 각자의 딸들을 앉혀서 밥을 먹였다.

아이들은 무슨 일이 일어나고 있는지도 모른 채 천진난만하게 밥을 먹었다. 아이들은 흰밥 위에 하얀색 닭 가슴살을 올려주는 것이 뭐가 그렇게 재미있는지, 깔깔거리고 웃으며 밥을 먹었다. 아이들의 존재가 그런 것일까? 다들 마음이 무거웠지만, 아이들이 웃으며 밥을 먹는 모습은 모두에게 잠시나마 웃을 수 있는 여유를 만들어 주었다. 아이들의 웃음소리로 분위기는 한결 가벼워졌고, 엄마들은 안방에 영화를 틀어주고 간식을 준비해주는 것으로 어른들의 시간을 확보했다.

각자 해야 할 말도, 전해야 할 상황도 만만치 않았지만, 누구 하나 서두르지 않았다. 우선은 모두 하루 종일 제대로 된 끼니를 챙길 상황이 아니었다는 사실을 아는지, 각자의 식사에 더 집중하고 있었다. 그리고 아마 서로 함께 공유하고 고민할 사람들이 모였다는 사실만으로도 치킨을 뜯을 수 있는 힘이 생기는 것 같았다.

그들은 그렇게 각자의 허기가 달래질 만큼 말없이 치킨을 먹었다. 그리고 그때 너무 정신이 없어서 아무도 챙기지 않았던 것이 생각났다.

"맥주! 우리가 왜 맥주도 없이 치킨을 먹고 있지?"

이들의 긴장된 심리 상태는 맥주 없이 치킨을 먹고 있는 상황에서 충분히 유추할 수 있었다. 선애의 말 한마디에 가족들의 긴장은 좀 풀렸고, 그동안 얼마나 목이 메이며 치킨들을 먹었는지, 모두가 한 잔씩을 원샷하고 나서야 뭔가 갑갑함이 풀리는 기분이었다.

"자, 다들 어느 정도 드셨으니까, 각자 오늘 있었던 일을 말씀해보시는 것이 좋을 것 같아요."

선록의 말에 선애는 기다렸다는 듯이 자신의 말을 하기 시작했고, 그 여고생의 말이 나오자 선영이 이어받아 자신의 이야기도 하기 시작했다. 선영의 말까지 끝나자, 장모도 제이크의 말을 하기 시작했다. 이미 자신들이 들은 이야기에 따라 그놈의 정체에 혼란을 겪던 가족들은 제이크의 말에 점점 더 혼란스러운 듯한 모습을 보이기 시작했다. 그리고 장인도 그 폐공장에 대한 이야기로 이어갔다. 그리고 그 공장에 대한 이야기까지 나오자, 모두는 혼란스러웠다. 그때 선록이 다시 말을 했다.

"그래서 저희가 이 인간극장을 좀 같이 봐야 할 것 같아요."

선록은 자신의 휴대폰을 거실에 있는 TV에 연결했다.

"이 인간극장은 3년 전에 방영된 거고요. 그 당시에 살짝 화제가 되긴 했지만, 대단하게 이슈가 된 건 아닌 것 같아요. 5부작짜린데, 저도 기사만 보고 내용은 보지 못해서 잘은 모르겠어요."

잠시 후 선록이 리모컨을 통해서 영상을 플레이 시키자 익숙한 음악과 함께 인간극장의 제목이 나왔다.

[키다리 아버지를 찾아주세요.]

제목이 뜨자마자, 장인은 장모를 바라보면서 큰소리로 말했다.

"어? 이거 우리 본 거 아니야?"

"아유, 시끄러워! 고막이 다 찢어지겠네!"

"이거 봤잖아? 그렇지?"

"맞아. 이거 우리가 본 거 같은데, 너무 오래돼서 내용은 잘 모르겠네."

"이거 그 고아들 얘기 아냐?"

"고아라고?"

"우선 봐봐. 보고 얘기하자."

그렇게 가족들은 모두 모여서 인간극장을 보기 시작했다. 총 5부작인 인간극장을 보기 위해는 아주 긴 시간이 필요했지만, 아무도 그만 보자는 말을 하지는 않았다. 다만 아이들이 문제였기 때문에 중간중간에 서로 번갈아서 아이들을 돌봤다.

"애들은 씻겨서 안방에서 재우자."

"그래, 나중에 업고 가던가, 여기서 그냥 재우던가."

어른들의 마음을 아는지 아이들도 다행히 보채지 않았다. 아이들은 두 번째 영화를 틀어주려는 동안 그대로 잠이 들었다. 평소 같으면 아이들을 제대로 목욕시키는 데만 한두 시간은 걸렸겠지만, 간단 버전인 손, 발, 엉덩이 목욕과 양치만 하고 재우기로 했다. 아이들을 재우기 시작할 때 인간극장은 어느새 4부로 넘어가고 있었고, 나머지 어른들은 모두 집중하고 있었다. 그렇게 4시간이 넘는 총 방송을 다 보고 나니, 가족들의 마음은 더욱 복잡해지기 시작했다.

인간극장

인간극장 – "키다리 아버지를 찾아주세요."

이미 초등학생이 되어서 고아원에 오게 된 민철 씨는 입양의 기회가 거의 남아 있지 않았다. 입양을 원하는 대부분의 가정에서는 어릴 적 기억이 남아 있지 않을 세 살 이하의 여자아이를 선호한다. 그러다 보니 자연스럽게 민철 씨처럼 그 시가를 지나서 온 남자아이들에게는 새 가정을 만날 수 있는 기회조차 주어지지 않는다.

보육원에는 민철 씨와 같은 나이의 친구가 세 명이 더 있었다. 민철 씨는 가장 늦게 들어왔지만, 상황은 모두 크게 다르지 않았다. 이미 입양의 시기를 놓쳐버린 남자아이들. 그중에는 파양의 경험까지 가지고 있는 영훈 씨도 있었다.

많은 아이가 새로 들어오고 나갔지만, 민철 씨와 영훈 씨를 포함한 네 명의 남자아이는 언제나 그대로였다. 그나마 다행인 것은 같은 나이의 4명의 친구들이 함께 있다는 것. 네 명의 친구들은 시간이 지날수록 서로에게 가족과 같은 든든함이 되어 주었고, 핏줄보다 끈끈한 연대감을 만들어 주었다.

중학생이 되자 그들에게도 위기가 왔다. 초등학교까지는 어떻게든 네 명이 똘똘 뭉쳐 다니며 친구들의 놀림에도 꿋꿋하게 버티고 서로에게 의지가 되어주었지만, 중학생이 되고 나니 주변의 시선들이 점점 부담스러워지기 시작했다. 그렇게 중학생 시절을 겨우 보내고 고등학교를 준비하는 시기가 되자, 현실의 차이는 더 뼈가 시리게 다가오기 시작했다. 시간이 지날수록 자신들도 모르게 다른 친구들과 자신들을 비교하며 스스로를 비관하게 되었다. 그리고 그러던 사이에 미래에 대한 희망이 없다는 생각으로 반항기에 접어든 친구들이 생겨났다. 지혁 씨와 강호 씨가 그랬다. 또래보다 덩치가 컸던 두 명은 자신들을 놀리는 친구들과의 싸움으로 반항을 시작했다.

"그때는 그럴 수밖에 없었어요. 내가 공부를 잘해도, 운동을 잘해도 얘들은 나를 불쌍하게 쳐다봤거든요. 그래도 원장 아버지가 항상 말씀하셨어요. '공부만 잘하면 대학도 갈 수 있고 성공할 수 있다. 어려운 환경에서 피어나는 꽃이 더 향기롭고 아름답다. 그러니 누가 뭐라고 해도 참아라. 참고 이겨내면 결국 네가 이기는 거다'라고요. 그러다 한 놈이 나한테 그러는 거예요. '너 1등 하면 뭐 하냐? 어차피 대학도 못 가는 거.' 알고 있었어요. 그런데 그때 전 견딜 수가 없었어요. 이미 학교가 끝나면 학원으로 달려가는 걔네들을 쫓아가는 게 버겁게 느껴지기 시작할 때였거든요. 그래서 에라 모르겠다 하는 마음으로 실컷 패줬죠."

지혁 씨의 싸움에 강호 씨도 말려들었고, 결국 두 사람은 일주일간의 정학을 받게 되었다. 하지만 먼저 시비를 건 친구들은 아무런 조치 없이 어머니의 손을 잡고 유유히 교무실을 나가는 모습을 보며, 그 순간 스스로 무엇인가를 포기하게 된 것 같았다.

하지만 민철 씨와 영훈씨의 생각은 달랐다. 지금까지 함께 공부하며 모두 좋은 성적을 내던 친구들이 저렇게 망가지는 것을 보고 있을 순 없었기 때문이다. 그래서 친구들의 정학기간 동안 그들도 무단결석을 했다고 한다. 그리고 아무 말도 하지 않고 그렇게 함께 어울렸던 것이다.

"그냥 저희가 같이 있으면 더 나쁜 일은 생기지 않을 것 같았어요. 그래서 일주일 동안 그냥 쫓아만 다녔어요. 우리도 같이 정학받은 것처럼. 처음에는 PC방에도 가고, 당구장에도 가고, 신나게 놀았죠. 그렇게 놀다가 졸리면 잠자리를 찾아다녔는데,

다행히 초여름이라 버스터미널 같은 데서 자도 춥지는 않았어요. 그런데 그렇게 딱 이틀을 하니까, 이제 정말 가진 돈이 다 떨어지더라고요. 그래서 결정의 순간이 찾아왔어요."

정학 기간 동안 모두 함께 가출을 한 친구들은 길거리를 전전하며 시간을 보냈다. 그리고 가진 돈이 다 떨어졌을 때 고민했다고 한다. 마침 버스 정류장에 술이 취해 자고 있는 한 아저씨가 보였기 때문이다.

"솔직히 그때 배가 너무 고팠어요. 정말 그 전날 생라면 한 개를 부셔서 나눠먹은 게 다였거든요. 근데 저기 벤치에 가방을 안고 누워있는 아저씨 뒷주머니에 지갑이 딱 보이는 거예요. 지혁이가 뛰어가서 봤는데, 얼핏 봐도 만 원짜리가 몇 개 보이더라는 거죠. 그 순간 정말 별생각을 다했어요."

"그때가 새벽 4시였나? 솔직히 보는 사람 아무도 없었거든요. 그러니까 저희가 마음만 먹으면 얼마든지 훔칠 수 있었어요."

"솔직히 제일 혹했던 게 영훈이 말이었어요. 야, 우리 저 지갑 가지고 와서 신분증 잘 가지고 있다가 꼭 갚자. 그러면 되잖아. 그럼 훔친 게 아니라 빌린 거니까. 괜찮은 거 아닌가? 그 말이 뭔가 죄책감 때문에 고민하고 있던 우리들에게 면죄부가 되는 기분이었어요."

"솔직히 그때 민철이 아니었으면, 우리는 여기 없지."

"그래, 그건 맞아."

"이 새끼, 그래도 너무 고지식하잖아!"

"그때 민철이가요, 제 뺨을 때렸어요. 처음으로. 그리고 말했어요. 그거 그냥 훔치는 거라고, 아무리 이런저런 말을 붙여봤자 도둑질이라고. 고아 넷이 가출해서 놀러 다니고 노숙하는 것까지는 괜찮은데, 도둑질을 하면 거기서부터 끝이라고. 진짜 그렇게 살고 싶냐고."

"정신이 번쩍 들었죠. 민철이 그 말에."

"우리가 그렇게 막장은 아니었거든요."

"근데 저놈이 보통 미친놈은 아니에요. 다들 다시 진정하고 이제 어떡하냐 하고 있는데, 진짜 미친 소리를 하더라고요."

"바다를 가자는 거예요! 한번 보고 싶었다고."

"저희가 중학교 수학여행도 못 가서 바다를 본 적이 없었거든요."

"밥 먹을 돈도 없는데 바다를 가자고 하니까. 얘가 이제 정말 미쳤구나 했죠."

"실은 제가 딱 가출하기 전 날에 인간극장을 봤거든요. 근데 거기에서 일용직 노동자 분들이 보면 새벽에 터미널 근처에서 기다리다가 일을 가시더라고요. 봉고차 같은 거 타고. 근데 여기가 왠지 거기서 봤던 데랑 비슷한 거 같더라고요. 그래서 찾아보면 그런 차가 있을 것 같았어요."

그렇게 민철 씨 일행은 그 터미널 근처를 돌아다녔다고 했다.

그런데 정말 터미널 한쪽 구석에서 자판기 커피를 마시며 무언가를 기다리는 아저씨 무리를 발견했다. 그리고 얼마 후 정말 봉고차 한 대가 앞에 섰다. 그 봉고차에서 어떤 사람이 내려서는 몇 명의 이름을 부르고 태운 후에 출발했다. 잠시 후 또 다른 봉고차가 들어왔고, 또 출발을 했다. 어느새 그곳의 사람들은 얼마 남지 않았다. 호기롭게 오기는 했지만 뭘 어떻게 해야 하는지 알 수 없었던 민철 씨 일행은 그저 눈치만 보고 있었다.

"한 세 명 정도 남아있는데, 봉고차 한 대가 들어오는 거예요. 직감했죠. 이게 마지막이구나. 제가 여기까지 가자고 했으니까. 제가 뭐라도 해야만 했어요. 그래서 무조건 제가 그 차로 갔어요. 그리고 말을 걸려고 하는데, 막상 앞에 서니까 아무 말도 안 나오는 거죠. 근데 그 반장님이 저를 위아래로 훑어보더니 물어보시더라고요. 몇 살이냐고? 당연히 나이를 속였어요. 그때 저희가 좀 늙어 보였거든요. 그래서 스무 살이라고 하니까, 대뜸 가출했냐고 하더라고요. 저는 또 순진하게 '네' 하고 대답했어요. 그러고는 아차 싶었죠. 스무 살이 무슨 가출이야. 그래서 덥석 팔을 잡고 빌었어요. 배고프다고, 일 시켜달라고, 정말 열심히 하겠다고. 그랬더니 뒤에서 쭈뼛거리는 친구들까지 몇 명이냐고 하더라고요. 네 명이라고 하니까 돈은 두 명 분만 준다고, 그리고 오늘만 하고 도망가면 안 되고 최소 3일은 하라고 하더라고요. 그래서 알겠다고 했죠."

"나중에 생각했을 때 그 아저씨가 아마, 딱 봤는데 잘해야 고등학생들인 게 뻔히 보였겠죠. 집 나온 지 며칠 됐는지, 차림은 다 꼬질꼬질하고 얼굴은 훌쭉해져서 퀭한 눈으로 일을 달라고 하는데, 얘네들 이대로 뒀다가는 일 나겠다 싶은 거였겠죠. 그래서 애들 한번 살린다 치고 데려가 주신 거 같아요."

"근데 진짜 힘들었어요. 우리가 다 처음이니까. 주로 아저씨들이 일하면 주변 청소하거나 벽돌 나르는 걸 했는데, 하다 보니까 알겠더라고요. 왜 반만 주겠다고 했는지. 진짜 빼짝 말라서 힘도 없어 보이는 아저씨들에 비해서도 저희가 반도 못하더라고요."

"그렇게 3일을 거기서 일했는데, 솔직히 진짜 힘들었지만 정말 기억에 많이 남아요. 끼니 때마다 함바집 아줌마가 밥을 산처럼 쌓아줬거든요. 태어나서 밥이 그렇게 많이 쌓여있는 건 본 적이 없어요. 근데 진짜 신기한 건 그걸 다 먹더라고요, 우리가. 심지어 먹고 나서 한 세 시간 지나면 정말 또 배가 고파요."

"맞아. 진짜 많이 먹었는데 진짜 금방 꺼져, 배가."

"잠도 컨테이너에서 잤는데, 그때 처음 막걸리를 먹어본 거 같아요. 반장 아저씨가 매일 사 들고 와서 주셨는데 진짜 맛있었어요."

"그렇게 딱 3일 일하고, 반장 아저씨가 네 명 다 3일치 일당을 제대로 주셨어요. 저희는 3일이 되니까 이제 몸에 좀 익숙해져서 더 할까 했거든요. 근데 아저씨가 그만 가라고. 이제 가서 다시 공부하라고 하더라고요. 내쫓았어요. 우리는 과거가 중요한 게 아니라 미래가 중요한 나이라고. 바다는 아저씨가 지금 데려다줄 테니, 바다 보고 실컷 울고, 다시 돌아가서 공부나 하라고 하셨어요."

"저희 그때 진짜 많이 울었어요. 그리고 함바집 아줌마가 반장 아저씨 부인이었거든요. 저희보고 배고프면 언제든지 오라고. 자기가 여기저기 옮겨다니기는 하는데, 그래도 어디든 오면 밥은 배 터지게 주겠다고 하셨거든요. 그때 막 처음 그 밥을 먹던 게 생각나서 정말 태어나서 처음으로 소리 내서 엉엉 운 거 같아요."

"저희요. 대학 졸업할 때까지 한 달에 두세 번은 아줌마 찾아가서 밥을 먹었어요. 그 이후에는 작은 식당을 하나 차리셔서요. 저희가 시도 때도 없이 쳐들어가서 밥 달라고 조르고 있고요."

"그럼 그분들이 키다리 아버지예요?"

"아니요."

"누군지 몰라요, 키다리 아버지."

"저희가 그렇게 받은 돈으로 동해바다에 갔어요. 아저씨가 바다는 동해가 예쁘다면서 데려다 주셨거든요. 그래서 거기서 진짜 신나게 놀았던 거 같아요. 물이 좀 차가웠을 땐데, 그때는 어려서 그런 건지 갈아입을 옷도 없으면서 무조건 뛰어들어서 놀고, 그렇게 한참을 놀다가 해가지기 시작하면, 그대로 시장까지 걸어가서 수건이랑 제일 싼 옷 사서 갈아입고, 또 놀고, 이것저것 실컷 사 먹고. 그렇게 바다에서 하루를 더 놀고 나니까, 걱정이 되더라고요. 이제 보육원에 가야 하는데, 돈이 간당간당한 거예요. 아저씨는 데리러 와준다고 했지만, 차마 그럴 수는 없었거든요."

"우리도 염치는 있었으니까."

"근데 다 놀고 해가 질 때쯤 바다를 보고 있는데, 옆에 진짜 잘생긴 형이 한 명 앉아 있는 거예요."

"맞아! 진짜 잘생겼었어."

"저희는 그 형이 너무 잘생겨서 계속 쳐다봤는데, 눈빛이 너무 슬퍼 보여서 말은 못 걸었어요."

"뭐 솔직히 누나였으면 몰라도."

"에라이, 미친놈아."

"그래서 그 형을 신경 쓰지 않고 우리끼리 말을 했죠. 여기서 어떻게 가야 하냐? 돈 있는 만큼만 가서 아저씨를 부를까? 아니면 원장 아버지를 부를까? 차라리 시내버스가 좀 더 싸니, 그걸로 옮겨 타며 갈까? 밥은 어떡하지? 좀 배고픈데? 근데 그런 얘기를 하고 있는데, 그 잘생긴 형이 저희한테 말을 걸더라고요."

"'어디까지 가는데?'라고요. 그래서 저희가 보육원이라고 하니까. 가자고 하더라고요."

"진짜 카리스마 대박이었죠. 아무도 뭐라고 말을 못하고 그냥 쪼르르 따라갔어요."

"가는 길에 그 형이 큰 횟집에 데려갔는데, 음식이 계속 나오는 거예요. 그래서 나올 때마다 싹 다 먹었는데, 그게 재미있었는지 그때 처음으로 그 형이 웃으면서 조금만 먹으라고 하더라고요. 그렇게 먹으면 회가 맛이 없다고. 하지만 우리는 이미 아줌마의 고봉밥에 익숙해진 터라 걱정이 없었죠. 오히려 문제는 그 형이 회도 실컷 먹으라고 큰 거를 두 접시나 시켜줬는데, 우리는 다 회를 처음 먹는 거여서 하나씩만 먹고 다 못 먹었다는 거예요. 근데 비싼 것도 알고 눈치도 보이니 뱉지도 못하고 다들 하나씩 입에서 오물오물."

"그거 돔 아니었어? 생각해보면 진짜 비싼 거야!"

"그렇지. 장난 아니었지."

"그때 형이 두 번째로 웃더니 찌개랑 밥을 시키더라고요. 그래서 저희의 첫 회는 매운탕 샤부샤부가 됐어요. 우리는 그렇게 배 터지게 밥을 먹고, 그 형 차에서 완전히 뻗어버렸어요."

"지금 생각하면 진짜 위험한 건데. 우리 진짜 아무 차나 얻어타고 다니고, 아무거나 얻어먹고 다니고, 진짜 겁이 없었다."

"야, 그 분들 입장도 겁이 없으신 거지. 우리가 어쩔 줄 알고, 비행 청소년 네 명을 먹이고 재우고, 집까지 데려다주고."

"생각해보면 그러네."

"그렇게 한 시간이 넘게 잠을 자고 휴게소에서 깼는데, 형이 또 간식을 사준다는 걸, 저희가 차비라도 내겠다고 남은 돈 다 털어서 먹을 걸 잔뜩 사 왔죠. 그렇게 또 두 시간을 넘게 먹고 떠들면서 보육원으로 간 거 같아요."

"중간에는 형도 신나서 노래도 하고, 장난도 치고 했는데, 진짜 재미있었어요."

"그렇게 보육원에 밤늦게 왔는데, 원장 아버지는 아무 말도 안 하시더라고요. 그냥 '잘 놀다 왔냐?'고만 하셨어요."

"원장 아버지께서 저희에 대한 믿음을 갖고 계셨나봐요. 나중에 들어보니 일주일 내내 아프지만 말라고 기도하면서 기다리셨대요."

"근데 아쉬운 건 왠지 그 형은 더 오래 볼 수 있을 것 같았는데, 그 뒤로 한 번도 못 봤다는 거예요."

"그리고 키다리 아버지가 생겼죠."

"익명으로 전화가 왔어요. 이 아이들에게 후원을 하고 싶다고. 보통은 그런 전화가 오면, 저희 단체에 기부를 하시거나, 아니면 구체적인 조건들을 제시하면서, 불우한 환경에 있지만 공부를 잘하는 아이에게 지원하겠다고 하는데, 그분은 그냥 단순했어요. 저 아이들을 후원하겠다."

"저희는 당연히 그 형이라고 생각했죠. 왜냐면 저희가 타고 온 차도 그때는 몰랐지만, 비싼 차였거든요."

"여쭤봤는데 우리를 데려온 분의 목소리는 아니었대요. 그분보다는 나이가 훨씬 많게 느껴지는 목소리였다고. 그리고 조건이 있었대요. '지금부터 저 아이들이 공부하는 데 들어가는 돈은 모두 지원하겠다. 단순하게 학비가 아니라 학원비든 과외비든 원하면 모두 해주기를 바란다. 단, 공부를 못하고 성적이 높지 않아도 상관없다. 그러니 공부를 잘해야 한다는 말은 하지 않았으면 한다. 그 아이들이 하고 싶은 것을 조건 없이 도와주겠다. 그리고 혹시 가끔 아이들이 갖고 싶어 하는 것이 있어도 꼭 말해달라. 사주겠다.'"

"아버지가 없어 봐서 모르지만, 우리한테는 아버지였어요. 처음에는 일부러 전교 1등을 해서 보여드리려고 기를 쓰기도 했고요. 방학 때는 알바를 해서 돈을 보내드리려고도 해봤어요. 근데 누군지를 모르니까."

"그래서 저희도 결국은 다 포기하고 그냥 열심히 공부나 하기로 했어요."

"애들이 나란히 최고의 대학에 장학생으로 입학했다는 말을 듣고, 그분께 메시지를 남겼어요. 다들 전액 장학금을 받게 되었다고, 이제 과외도 하고 돈도 벌 테니까. 후원을 그만하셔도 된다고요. 그런데 돌아온 이야기는 아이들이 아르바이트를 하지 않게 해달라는 것이었어요. 공부만 할 수 있게, 아이들이 원하는 것을 좀 더 편하게 이룰 수 있게 도와주고 싶다고."

"저희 다 유학도 다녀왔고요. 박사까지 땄어요."

"저희가 하나씩 공부가 끝나고, 첫 월급을 받았을 때, 그 돈을 모두 원장 아버지께 드렸어요. 꼭 전해달라고."

"그분께 연락이 왔죠. 고맙다고. 잘 쓰겠노라고."

민철 씨네와 키다리 아버지의 인연은 거기서 끝이었다고 했다. 키다리 아버지 덕에 민철 씨는 소아과 전문의가 되었고, 영훈 씨는 외과 의사가 되었다. 진혁씨는 대학교수가 되었고, 강호는 건축가가 되었다. 그 뒤로는 각자가 너무 바빠서 조금씩은 잊고 사는 시간들이 있었고, 그런 시간들을 보내다 보니 서로가 또 너무 그리워져서 한 동네에 모여 살기로 했다고 했다.

좋은 직업을 갖게 된 후 이들에게는 더 좋은 환경의 사람과 새로운 가정을 꾸릴 수 있는 기회가 있었지만, 더 좋은 조건은 중요하지 않았다고 한다. 서로에게 온전히 의지할 수 있는 사람들을 찾았고, 서로에게 힘이 되어줄 수 있는 가족을 만들고 싶어 했다. 그래서 모두 같은 보육원에서 인연을 만나 결혼했다. 이들은 여전히 주말마다 할아버지 집에 놀러 가듯이 보육원에 찾아가고, 자기 아이를 돌보듯이 보육원 아이들을 챙기고 있다.

"저희는 그분만큼 하지는 못해요. 비슷한 또래들보다 돈을 더 많이 버는 편이긴 하지만 쉽지 않더라고요. 저희는 저희가 할 수 있는 선에서 최선을 다하고 살아요."

그들은 자신들에게 처음으로 일을 시켜주셨던 반장님 내외도 자주 만난다. 그분들이 아니었으면 키다리아버지도 못 만났을 것이고, 그러면 지금의 자신들도 없을 것이라는 걸 잘 알고 있기 때문이다. 이들은 가끔 생각한다. 한 번의 가출로 많은 가족들을 만든 것 같다고 말이다.

"그때 그 형이 키다리 아버지라고 생각하세요?"

"예, 저희는 그렇게 생각해요. 목소리야 뭐 누구든 시키면 되니까요. 그래서 저희도 찾아보려고 노력했는데, 도저히 모르겠더라고요. 나중에 대학생이 돼서 생각이 든 건 진짜 잘생겼었고, 노래도 잘했던 거 같아서 혹시 연예인이 아닐까 생각했었거든요. 근데 저희가 그때 아는 연예인도 별로 없었고요. 그때는 이미 시간이 너무 지나서 얼굴도 기억이 나지 않더라고요. 살짝 짐작이 가는 분들이 있기는 하지만 아직 못 찾고 있어요."

"마지막으로 혹시 이 영상을 보고 있을 수도 있으니 키다리 아버지께 한 말씀하신다면?"

"형, 아니 아버지. 저희 다 컸어요. 잘 컸는지는 모르겠지만, 조건 없이 주신 사랑 덕분에 각자 새로운 가정들을 만들어서 잘 꾸려나가고 있어요. 너무 감사했습니다. 저희도 쉽지는 않겠지만, 최대한 아버지처럼 살아볼게요. 정말 고맙습니다."

인간극장은 민철의 마지막 영상편지로 끝이 났다.

그리고 이 모든 걸 함께 본 가족들은 쉽게 말을 꺼내지 못하고 있었다. 아마 머릿속에는 모두, 자신들이 알고 있던 것들과 너무 다른 이야기에 혼란스러워 하고 있을 것이다.

"그래서 제이크에게도 그렇게 했구나."

"맞아요. 저 정도니까 친구 가족을 챙기는 게 이해가 가네."

"그런데 이게 끝이 아니에요."

선록의 말에 모두들 그를 쳐다봤다.

"저기 나오는 사람들 중에 저 민철이라는 사람만 빼고 다 죽거나 실종됐어요."

"뭐, 뭐라고?"

예상치 못한 선록의 말에 모두들 크게 놀랐다.

모든 상황을 아는 선록만이 붉게 물든 눈시울로 가족들을 바라보고 있었다.

과수원-8

"오늘 저는 서울에 가서 친구를 좀 만났는데요, 우선 저 김민철이라는 사람에 대해 물어봤어요. 같은 학교여서요. 우선 2년 선밴데 워낙 유명해서 다들 잘 안다고 하더라고요."

"그래? 친했대?"

"친한 정도는 아니었나 봐요. 원래 성격도 좋고, 인기도 많은 편이어서 주변에 사람이 많았는데, 이상하게 한 명하고만 붙어 다녔다고 하더라고요."

"그 영훈이라는 사람?"

"어, 그래서 진짜 농담처럼 둘이 사귀냐는 소문까지도 났었대. 근데 뭐 그래도 전공이 갈리면서는 어쩔 수 없이 떨어졌다고는 하더라. 근데 둘 다 워낙 실력도 좋고, 성격도 좋아서 병원에서도 승승장구했나 봐. 그러다가 저 인간극장 찍고 나서 사람들까지 알아볼 정도로 유명해졌는데, 1년쯤 뒤에 사고가 난 거지."

"사고? 무슨 사고?"

"교통사고. 지금 저거 보니까 이해가 가는데, 저 친구들하고 반장님 내외하고 다같이 여행을 갔나 봐. 그 여행을 가다가 큰 사고가 난 거야. 국도에서 반대편에서 오던 트럭을 피한다고 살짝 코너를 틀었는데, 트럭이 생각보다 가깝게 오는 바람에 더 심하게 꺾었나 봐. 그대로 절벽으로 차가 굴렀고, 그대로 호수에 빠져버린 거지. 뒷자리에서 잠을 자고 있던 사람들은 그대로 정신을 잃은 채 나오지 못했고, 운전석에 있던 김민철과 옆자리에 앉아 있던 반장님만 겨우 살아 나왔다고 해."

충격적인 사고 이야기에 다른 사람들은 아무 말도 할 수 없었다.

"사고가 난 뒤에 김민철은 바로 병원을 관둔 거 같고요. 작년에 후배들을 모아서 우리동네에 개원을 했나 봐요.

"그럼 그 친구들이 외국에 오래 나가 있다는 게……."

"아이들이 너무 어려서 우선은 그렇게 얘기했나 봐요. 그런데 요즘에는 애들도 너무 똑똑하니까, 혹시나 해서 동네에도 그렇게 얘기하고 다닌 것 같고요."

"그런데 실종은 뭐야? 아까 실종 얘기도 하지 않았어?"

"그건 확실한 건 아닌데, 그 반장이라는 사람이 지금 어디 있는지 아는 사람이 아무도 없대. 사고가 나고 다들 정신이 없는 건 사실이었지만, 김민철은 어떻게든 친구들 가족들을 챙기고 살았나 봐. 그래서 무리해서 개원을 한 것 같고. 그런데 그 반장님은 병원에서 치료를 받고 나와서 갑자기 사라져 버린 거야. 그 사람 행방에 대해서 아는 사람이 아무도 없어. 그래서 도망을 간 거라느니, 아내 보험금을 받아서 사라진 거라느니 말이 많았지."

"아니, 어떻게 그런 상황에서 도망을 가요? 거기는 애가 없었어요?"

"그 반장님네는 딸이랑 아들이 하나씩 있었는데, 키워줄 사람이 없었나 봐, 그래서 그 김민철이 고민을 많이 했던 거 같아."

"그 딸이 나이가 좀 있지 않을까요?"

"맞아. 내가 생각에는 아무래도 당신이 만난 그 여고생 같아. 다른 사람들 딸이라고 하기에는 나이가 너무 많거든."

"그럼 결국 김민철이 지금 그 죽은 친구들 가족이랑 반장님 아이들까지 다 책임지고 있다는 거잖아?"

옆에서 듣고 있던 완수가 입을 열었다.

"아무래도 그래서 김민철이 돈이 점점 궁해지고 있었나 봐요. 그러니까 친구들 집에서 돈이 될 만한 것들을 대신 팔아주고 있었던 거예요. 친구들이랑 같이 이것저것 취미활동을 많이 했던 것 같은데, 그걸 하나씩 다 팔아서 생활비로 쓰고 있었던 것 같아요. 육아용품들도 돌려쓰다가 하나씩 다 정리한 것 같고요. 좀 이상했던 게, 같은 물건을 여러 번 거래했거든요. 그게 처음에는 재판매인가 했는데, 친구들끼리 같이 하려고 샀던 것들을 다 판 것 같네요. 게임기에, 낚싯대에, 야구용품이랑 카메라까지요."

이야기가 여기까지 나오고 나니, 정말 아무도 쉽게 말을 꺼낼 수 없었다. 모두 나쁜 놈이라고만 생각했던 김민철은 가족 같은 친구들과 은인의 가족까지 모두 지켜내기 위한 처절하게 살던 사람이었기 때문이다. 아무도 그를 비난하거나 그의 행동이 잘못됐다고 이야기할 수 없었다. 그건 선록 일행 모두가 가족으로서 김민철을 이해할 수 있었기 때문일 것이다. 나라면 그렇게 할 수 있었을까? 혹은 아마 나라도 그렇게 했을 것이라는 생각이 그들 머리를 스쳤다.

모두가 민철의 삶에 충격을 받고 안타까워하고 있을 때, 선영은 문득 정신이 들었다. 선영이 먼저 정신을 차리고 문제를 제기하자 다른 사람들도 아직 남아 있는 궁금증들을 풀어내기 시작했다.

"그런데 다 알겠어. 그 사람이 얼마나 힘들게 살아왔고, 지금도 어떤 마음으로 버티고 있는지. 그런데 그렇다고 해서 모든 잘못이 용서되지는 않아. 우리가 실은 이렇게까지 걱정하고 두려워했던 이유가 그 사람의 불륜이나 감귤마켓 거래 때문은 아니잖아."

"맞아. 중요한 건 그 폐공장이야. 거기서 지금 무슨 일이 일어나고 있는 건지, 김민철은 거기서 뭘 하고 있는 건지, 그리고 우리는 이제 뭘 어떻게 해야 하는 건지. 그걸 생각해봐야지."

"솔직히 아직도 뭘 어쩔 수 있는 게 없어요. 지금까지 우리가 알아 낸 것 중에 경찰에 신고 할 만한 건 제이크가 땅에 뭘 묻은 거밖에 없거든요. 그런데 그것도 김민철을 엮을 수 있을지도 모르겠고, 심지어 이제 진짜 가족들을 지킬 사람이 그 사람 하나 남았는데, 그 사람마저 떠나게 만드는 것이 옳은 건지도 모르겠어요."

선애도 이 상황이 너무 혼란스러운지 아주 힘들어하고 있었다. 아니 실을 선애뿐만 아니라, 모든 가족이 혼란스러워하고 있었다. 아무도 이 사건이 이렇게 흘러가리라고 생각한 사람은 없었기 때문이다.

"우리가 이쯤에서 빠지는 건 어떠니?"

그동안 가만히 듣고만 있던 장모가 말을 했다.

"난 참 마음이 불편해. 제이크의 밥을 해주면서, 내가 뭘 알아내야 할까? 그게 이렇게 먼 곳에 와서 허겁지겁 허기를 채우는 이 아이에게 이게 무슨 도움이 될까? 이 생각을 참 많이 하게 됐어. 그런데 그 의사 얘기까지 듣고 나니까, 더 그런 거야. 이걸 우리가 밝혀내는 게 무슨 의미가 있을까? 그들은 그 나름대로 힘겹게 살아가고 있는데, 우리가 도와줄 수 있는 것도 아니고, 그저 지금은 우리가 궁금한 것뿐이잖아. 우리가 좀 참으면, 우리가 좀 잊어주면, 그들은 그대로 또 살아가는 방법을 찾지 않을까 싶어서 말이야."

장모의 말에 모두들 생각에 잠겼다. 어쩌면 맞는 말일지도 모른다. 지금까지 그들이 알아낸 것으로만 보면, 김민철은 심각한 범죄를 저지를 인물은 아니었다. 그러니 어쩌면 이쯤에서 적당히 빠지는 것이 그가 그 나름대로 살아갈 수 있도록 도와주는 것이 될지도 모른다. 그래서 그들이 여기서 멈춘다면, 이대로 멈출 수만 있다면, 모두가 다시 일상으로 돌아갈 수 있지 않을까? 이 생각들을 모두 하고 있었던 것 같다.

선록이 고민하다 조심스럽게 입을 열었다.

"그런데 어머니. 혹시 김민철이 지금 누군가의 도움이 필요한 거면요? 지금 누군가가 멈춰주길 바라고 있는 거면요? 처음에 이영훈이 말도 안 되는 이유를 들어 도둑질을 하려고 할 때, 뺨을 때려서라도 막은 건 김민철이었어요. 그런데 지금 김민철이 그 상황이면 어떡하죠? 지금은 그 주위에 그의 뺨을 때려줄 사람이 없잖아요."

"그럼, 형님은 우리가 지금 그 역할을 할 수도 있다고 생각하시는 거예요?"

"어쩌면, 그냥 어쩌면. 그 사람 삶이 그랬잖아. 그 반장님이, 그 누군지 모르는 키다리 아버지가, 우리처럼 우연하게 만나서 이렇게 지금까지 온 거잖아. 그럼 어쩌면 우리가 그 사람을 만나고 그 사람에 대해서 알게 된 모든 상황도 그런 걸지도 모르는 거니까."

"너무 어려워요. 그리고 너무 힘들어. 그냥 다 몰랐던 때로 돌아가고 싶어요."

"돌아가지 못해. 어머니, 저희는 잊고 살 수 없을 거예요. 지금은 모르는 척 지나갈 수 있어도, 절대 이대로 살아갈 수 없어요."

"그럼 자네는 끝까지 가보자는 거지?"

"예. 저는 그래 보고 싶어요. 아니 그래야 한다고 생각해요."

"그럼, 끝까지 가보지 뭐."

장인은 선록에게 자신에게 온 메시지를 보여줬다. 도착시간은 2분 전이었다.

[나 놓고 온 게 있어서 잠깐 사무실에 들렀는데, 웬일로 그 쪽으로 사람들이 들어가네.]

"아버지?"

"기다려 봐. 내가 전화해 볼게."

장인은 바로 용식에게 전화를 걸었다.

"무슨 소리야? 그쪽으로 누가 가는데?"

"어, 아까 내가 퇴근하기 전에는 웬 여고생 하나가 큰 가방을 하나 들고 혼자 걸어가더니, 방금 막 어떤 차 한 대가 그쪽으로 들어가네?"

"여고생? 차? 여고생은 나왔고?"

"그건 모르지, 나도 집에 가서 밥까지 먹고 나온 거니까,"

"우선 알았어."

스피커폰으로 모든 걸 들은 가족들은 이제 선택을 해야만 했다.

"우선 가 보자! 뺨을 갈기든 다리를 꺾든, 나쁜 짓을 하려는 거면 막아보자고, 우리가."

장인의 말에 사위들은 함께 일어났다.

"어머니께서는 집에 계세요. 애들도 있으니까, 누군가는 집에 있어야 해요. 당신하고 처재는 어쩔래? 같이 가 볼래?"

"나는 갈게. 나도 끝은 보고 싶어."

"나도 겁은 나는데, 가 보고 싶어요."

"엄마는 혼자 괜찮겠어?"

"난 괜찮아. 애들도 다 자는데, 뭐."

장모는 잠시 생각에 잠겼다. 지금 이 순간 자신이 할 수 있는 건 아이들을 돌보는 것밖에 없다고 생각했다. 그리고 모두를 보내주는 것.

"그럼 어차피 이렇게 된 거. 잘 도와주고 와요. 몸 조심하고."

"다녀오리다."

장인은 장모를 두고 혼자 가는 것이 마음에 걸렸지만, 한편으로는 마음이 약한 아내에게 혹시라도 일어날지 모르는 험한 일을 보이지 않을 수 있다는 사실에 안심이 됐다.

그렇게 장인, 선록, 완수, 선영, 선애는 함께 폐공장으로 향했다.

폐공장-1

선록의 차는 폐공장으로 향하는 외길에 들어섰다. 선록의 집과 가깝지만 한 번도 이곳까지 들어와 본 적은 없기 때문에 뭔가 아주 먼 곳으로 들어가는 기분이 들었다. 라디오조차 틀어놓지 않은 차 안에선 비포장도로를 달리는 차의 덜커덕거리는 소리와 가끔씩 들리는 마른 기침소리만 울릴 뿐이었다.

실제로 거리가 얼마나 되는지는 모르겠지만, 폐공장까지 가는 길은 모두에게 꽤장히 길게 느껴졌다. 꽤 오래 달려 길 끝에 어렴풋하게 공장의 모습이 보이기 시작했다. 이미 아주 늦은 밤이었지만 유난히 밝은 달 때문에 주변은 충분히 사물을 구분할수 있을 만큼 밝았다. 달빛에 드러난 커다란 공장의 모습은 이미 긴장한 선록 가족들에게 더 큰 공포를 심어주기에 충분했다.

폐공장이라고 들었을 때도 충분히 위화감이 있었는데 직접 마주한 건물의 모습은 숨 쉬는 것조차도 힘겹게 느껴질 만큼 큰 무게감으로 모두를 압박했다.

건물 왼편에는 안으로 들어가는 현관문이 있었는데, 이미 낡아 알아볼 수도 없는 간판이 현관 위쪽에 걸려 있었다. 장인은 과수원에서 챙겨온 플래시를 사위들에게 나눠줬고, 선영과 선애는 각자 선록과 완수의 등뒤에서 천천히 입구로 향했다.

처음에 공장에 들어왔을 때, 다른 차는 보이지 않았다. 하지만 그들이 점점 입구 쪽으로 향하자 입구 옆에 주차되어 있는 검은색 차량 한 대가 눈에 띄었다.

"벤츠는 아니네."

"그건 친구 차라고 했잖아."

"근데 그것도 팔아야 하는 거 아닌가?"

"허긴 생활비가 필요하면 그런 것부터 팔았을 텐데……."

"뭐 이유가 있겠지."

그들은 모두 김민철을 의심하기도 했지만, 어느새 알아서 이해하고, 각자 납득하는 단계까지 와있었다. 그러니 지금 이들이 이곳까지 온 것이 민철의 범죄를 고발하려 오는 것이 아니라 그의 행동을 멈추고 도우려고 온 것은 확실했다.

긴장을 풀려고 한 건지는 모르겠지만, 선영과 선애의 대화는 아무도 쉽게 입을 떼지 못했던 긴장감을 조금은 풀어줬다.

"우선 안에 구조가 어떻게 되어 있는지를 몰라서 같이 다녀야 할지, 따로 떨어져서 좀 찾아봐야 할지를 정해야 할 것 같아요."

"따로 떨어져서 다닌다고 해도 찾았을 때, 뭘 할 수 있는 게 없어. 그럴 바에는 느리더라도 같이 찾아다니는 것이 좋을 것 같은데."

"내가 오면서 여기가 원래 뭘 만들던 곳인지 물어보니까, 무슨 외식업체 소스공장이었다고 하더라고. 그래서 보통 1층이 물류창고였고, 2층에 생산라인이나 사무실이 있을 거라고 하던데."

"그럼 전기세가 나가는 것도 그렇고, 냉동 탑차도 생각해보면, 물류창고에 뭔가가 있을 가능성이 커요. 다 같이 1층 창고부터 찾아보죠."

입구 앞에서 들어가지도 못하고 소리를 낮춰서 대화를 나누던 그들은 이제 조심스럽게 공장의 입구로 들어서기 시작했다. 하지만 막상 공장에 들어서고 나니, 눈앞에 창고부터 보였다. 옆에 안내표지판을 보니 첫 번째 문이 실온 창고였고, 그 옆에 냉장창고, 그리고 맨 끝이 냉동창고였다.

그들은 당연히 마지막 냉동창고가 가장 가능성이 높을 것이라고 생각하고 그쪽으로 지나가려고 하는데, 첫 번째 문 안에서 무엇인가 사람들의 말소리가 들리기 시작했다.

"그러니까 이제 여기 오지 말라고 했잖아."

"금방 갈게요."

"올 거면 나한테 말을 하고 오든가. 여기가 어디라고 이 시간에 혼자 와. 겁도 없이."

"금방 갈게요."

"동주야."

"금방 갈게요. 금방 간다고 했잖아요. 오늘 어떻게 안 와요?"

"여기 오지 말고, 집에서 하면 되잖아. 안 그래도 이따가 모두 모이기로 했단 말이야."

창고 안에서 들리는 소리에 귀를 기울이던 선애는 문틈으로 조심스럽게 안쪽의 상황을 훔쳐봤다. 그리고 안에서 무엇인가를 본 선애는 하마터면 큰소리를 낼 뻔했다.

"언니, 201020!"

선애는 옆에 있던 선영에게 입 모양만으로 이야기를 했지만, 선영은 무슨 말인지 알아듣지 못했다. 너무 답답한 선영은 빠르게 손으로 숫자를 알려줬다.

"201020? 아!"

순간 선애가 무슨 말을 하는지 알아들은 선영은 자신도 소리를 낼까 봐 입을 손으로 막았다. 다행히 창고의 문은 닫혀 있지 않고, 조금 열린 틈으로 안을 엿볼 수 있었다. 창고 안에는 촛불이 켜져 있는지 불빛이 바람에 흔들리고 있었고, 그곳에는 여고생이 김민철과 대화를 나누고 있었다.

"우리 아빠 추워서 못 오면 어떡해요? 우리 아빠 손발이 얼어서 못 걸으면 어떡해요? 우리 집에 못 찾아오면 어떡해요? 내가 어떻게 안 와요? 내가 여길 어떡해 안 오냐고요?"

"동주야. 네 마음은 아는데, 여기 오면 안 돼. 너는 진짜 오면 안 된다고. 혹시라도 일이 잘못돼도 넌 여길 전혀 모르고 있었던 걸로 해야 한다고. 내가 말했잖아."

"그래도요. 그래도요. 내가 어떻게 그래요."

그렇게 한참을 울던 여고생은 그대로 자리에 앉아서 울기 시작했다. 순간 여고생이 쓰러진다고 생각했던 김민철은 여고생에게 달려가 잡으려고 했고, 그 상황을 멀리서 본 선영은 여고생이 실신하는 줄 알고, 자기도 모르게 소리를 지르고 말았다.

"악!"

순간 공장에는 정적이 흘렀다. 선영의 소리에 놀라서, 모두 그대로 멈춰 있었다. 누구보다 놀란 김민철은 소리가 난 방향으로 여고생을 뒤로 한 채, 경계의 행동을 취했다.

"거기 누구야! 누구야!"

화가 난 것 같기도 하고, 겁을 먹은 것 같기도 한 민철의 목소리가 층고가 높은 창고의 울림 때문인지 마치 천둥소리처럼 크게 울렸다. 김민철은 소리가 난 방향으로 천천히 다가갔다.

"거기 누구냐고! 안 나와? 누구야!"

선록은 김민철의 손에 아무것도 없다는 걸 확인하고 난 후 조심스럽게 모습을 드러냈다.

"안녕하세요."

어둠 속에서 모습을 드러낸 선록을 본 김민철은 자신도 모르게 놀라서 뒷걸음질을 쳤다. 뒤쪽에 앉아있던 동주도 깜짝 놀라서 일어나 김민철의 등뒤로 숨었다. 김민철의 등뒤로 숨은 동주의 모습을 본 선영과 선애는 그녀를 진정시키기 위해, 천천히 창고 안으로 들어섰다. 그리고 나머지 완수와 장인도 선록의 뒤에 천천히 따라 들어왔다.

"당신들 뭐야?"

"아시잖아요. 과수원."

"당신들이 왜! 왜! 여기 왔냐고? 여기를!"

갑자기 단체로 등장한 가족들 때문에 많이 놀란 민철과 동주는 경계를 풀지 않고 더 뒤로 뒷걸음질을 쳤다. 하지만 그 순간 그들보다 더 놀란 건, 그들 뒤로 보이는 광경을 본 선영과 선애였다.

"뭐야, 저게?"

"저거 뭐야!"

남자들은 놀라서 경계하고 있는 민철과 동주의 모습에 집중하느라, 선영과 선애가 본 것들은 보지 못했다. 하지만 선영과 선애의 놀란 목소리에 남자들도 그들의 뒤쪽을 보게 되었고, 다들 놀라지 않을 수 없었다. 이 시간에 어두운 폐공장에서 펼쳐진 그 모습을 보고나니, 모두들 너무 놀라서 숨을 쉴 수도 없었다.

"그게요……."

민철의 뒤에 숨어 있던 동주는 오히려 그들에게 무언가 설명하기 위해 다가갔고, 그녀의 행동에 가족들은 더 놀라서 뒤로 물러서 버렸다. 김민철은 동주의 갑작스러운 행동을 저지하기 위해 손목을 잡아 다시 자신의 등뒤로 끌었다.

"당신들 이거 무단침입인 건 압니까?"

"저건 뭐죠?"

"당장 나가요! 여기서!"

"저건 뭐냐고요!"

선영의 비명에 가까운 질문에 민철은 순간 말문이 막혔다. 선영이 이렇게까지 소리를 질렀던 이유는 동주의 뒤에 보이는 광경이 너무 괴이했기 때문이다.

그곳에는 공장에서 흔히 있는 사람 허리 높이의 커다란 스테인리스 테이블에 얼핏 흰 전지 같은 것이 깔려 있었고, 안쪽에 커다란 초 두 개가 켜 있었다. 그 앞에는 다양한 음식들이 놓여 있었는데, 일회용 접시 위에 햄버거, 떡볶이, 순대, 튀김, 피자, 도넛, 바나나, 키위, 망고 등이 있었다. 음식들의 종류는 전혀 달랐지만, 멀리서 전체적으로 본 모습은 분명히 제사상이었다. 심지어 그 상 앞에는 모레가 담긴 종이컵에 향이 꽂혀 있었고, 막걸리도 한 병 놓여 있었다.

"제사상이야?"

선록의 한마디에 동주는 다시 뛰어나와 울면서 말했다.

"그냥 가 주시면 안 되요? 오늘은 그냥 아무것도 묻지 말고, 그냥 두시면 안 되요? 제가 부탁 드렸잖아요. 그냥 가만히 둬 달라고, 신경 쓰지 말아달라고, 부탁 드렸잖아요. 그러니까 오늘만, 오늘 하루만. 그냥 가 주시면 안 되요? 예? 제발요."

동주는 울면서 선영과 선애에게 매달렸다. 그녀들은 지금 이 상황이 어떤 건지는 모르겠지만, 단지 이 어린아이가 자신들에게 무릎을 꿇고 매달리고 있다는 사실만으로도 심장이 찢어질 듯 아팠다.

"왜 그래요? 일어나요. 무슨 일인데? 우리도 무슨 일인지는 알아야 가지."

"도움이 필요한 거 아니에요? 혹시 저 사람한테 협박을 받거나 그런 건 아니죠?"

선영의 말에 동주는 갑자기 표정이 바뀌더니, 일어나서 선영의 팔을 잡아 흔들기 시작했다.

"뭘 도와줄 수 있는데요? 뭘 어떻게 도와줄 건데? 왜! 왜! 그냥 놔두지 않냐고요! 그냥 두면! 나 혼자도 살 수 있는데, 왜 아무도 날 가만두지를 않냐고요."

동주는 기운이 빠졌는지, 그 자리에서 주저앉아 울어버렸다. 뒤에 서 있던 민철은 뛰어가 동주의 팔을 잡아 부축했다. 그리고 그렇게 바닥에 무릎을 데고 앉은 채 선록에게 부탁했다.

"부탁입니다. 오늘은 그냥 가 주시면 안되겠습니까? 약속드릴
게요. 제가 내일 찾아 뵙고 다 설명 드리겠습니다. 그러니 오늘
만 그냥 돌아가 주세요."

선록을 비롯한 모든 가족들은 흔들렸다. 장모의 말처럼 그냥
지금 저들에게는 차라리 모르는 척 넘어가주는 게 좋지 않을까?
이대로 없었던 일이 되는 게 최선이 아닐까? 이런 생각이 들기
시작했다. 그들은 충분히 간절해 보였고, 많이 지쳐 보였다. 지
금 여기서 가족들이 할 수 있는 건 아무것도 없는 듯했다. 지금
이 상황이 절대 정상이 아니라는 건 알겠지만 딱히 어떤 범죄의
순간이라고도 생각되지 않았다. 가족들은 이대로 집으로 돌아
가는 것이 좋을까? 고민을 하고 있었다.

그때 완수가 천천히 제사상으로 다가갔다. 완수의 갑작스러
운 행동에 가족들은 아무도 막지 못했고, 동주를 안고 있는 민
철도 미처 그를 막을 수 없었다. 그리고 무엇인가에 홀린 듯이
제사상에 가까이 다가간 완수는 그대로 뒤를 돌아 선록에게 물
었다.

"형님, 이거 냉장고 아니에요?"

완수의 한마디에 또 가족들은 깜짝 놀랄랐다. 선록은 완수의
말이 끝나자마자 완수가 있는 곳으로 다가갔고, 멀리서는 촛불
만으로는 드러나지 않았던 스테인리스 냉장고의 모습이 드러났

다. 그 냉장고는 식당에서 많이 쓰는 커다란 업소용 냉장고였는데, 문이 위아래로 8개나 달린 커다란 크기였다. 그 커다란 냉장고 앞에 선 선록은 너무 두려웠지만, 그 안을 꼭 확인해야만 했다. 그렇지 않으면 이 상황을 끝낼 수 없다는 걸 너무 잘 알고 있었기 때문이다.

김민철은 선록을 막기 위해 달려왔고, 그런 김민철을 장인과 완수가 온 힘을 다해 막았다. 선록을 막기 위해 온 힘을 다해서 발버둥치는 민철을 겨우 막고 있던 장인은 선록을 향해서 마지막 힘을 짜내듯이 소리질렀다.

"열어봐, 어서!"

장인의 말에 용기를 낸 선록은 손잡이를 잡고 위에 있는 문을 열었다. 그리고 그 자리에 그대로 주저앉고 말았다.

냉장고 안에는 한 남자의 시신이 꽁꽁 언 채로 누워 있었기 때문이다. 모든 것이 끝났다는 듯이 김민철도 그대로 멈춰 버렸다.

"형님, 뭔데요?"

완수가 선록을 향해 걸어오다가 문이 열려 있는 틈으로 보이는 시체를 보고 말았다. 완수는 좁은 틈으로 작은 부분만 봤지만, 그것만으로도 그게 시체라는 것을 충분히 확신할 수 있었다.

"설마 했어! 설마 했다고! 설마 했다고!"

선록은 갑자기 화가 났다. 지금 이 상황에서 놀라움이나 두려움보다 분노가 먼저 드러난 것은 어쩌면 인간극장과 다른 사람들의 입을 통해서 알게 된 그의 삶에 대한 연민과 안타까움이었을 것이고, 이미 저 냉장고 안의 존재로 인해 그가 넘지 말아야 할 선을 이미 넘었을 것이라는 확신에 대한 실망이었을 것이다.

그는 민철에게 달려들어 멱살을 잡았다.

"왜 그런 거야! 도대체 왜 그런 거냐고! 왜 이렇게까지 한 거냐고?"

"그게 무슨 소리야?"

장인은 이 충격적인 상황에도 놀랐지만, 마치 다 알고 있는 듯 화를 내고 있는 선록의 반응에도 놀랐다.

"자네는 뭘 알고 있는 거야?"

"형님! 무슨 말이에요?"

선록의 반응에 놀란 것은 가족들만이 아니었다. 민철도 선록의 반응에 너무 놀라서 아무 말도 못하고 멍하게 서있었다. 그러다 민철은 문이 열려있는 냉동고를 보고 정신을 차렸다.

"문을 닫아!"

"뭐라고?"

"문을 닫아! 문부터 닫으라고!"

민철이 소리지르는 바람에 냉장고 문 앞에 있던 완수는 자기도 모르는 사이에 민철의 말처럼 냉장고 문을 닫았다. 그러자 김민철이 체념한 듯 말하기 시작했다.

"시체는 생각보다 온도에 민감해. 특히 저 냉동고는 좁은 공간에서 일정한 온도를 유지하는 시신 냉동고와는 다르게 일반 업소용 냉동고를 개조한 거라, 이렇게 문을 열어두는 것만으로도 문제가 될 수 있다고."

"이게 무슨 소리야? 박 서방?"

선록이 말했다.

"애는 먼저 보내고 얘기하자."

듣고 있던 동주가 말했다.

"아니요. 괜찮아요."

김민철도 동주에게 말했다.

"그래, 동주야. 넌 이제 집에 돌아가."

"왜요? 뭔데요? 삼촌, 나 여기 있으면 안돼? 내가 아직 모르는 게 있어?"

선록은 동주가 알아야 하겠지만, 어쩌면 모르고 사는 것이 나을 수도 있을 거라 생각했다. 하지만 선록은 이제 어쩔 수 없이 자기가 생각했던 것을 사람들에게 이야기했다.

"저분이 그 반장님이야. 그치? 당신이 가족이라고 생각했던 그 작업반장님."

"그런데 왜 저 분이 여기 계셔? 왜?"

"그 여행, 반장님의 이별여행이었지? 당신들은 아무도 몰랐겠지만, 아마 반장님이 혼자 준비했던 여행이었을거야. 자기 자신을 위해."

"그게 무슨 말이에요?"

가만히 듣고 있던 선애가 놀라서 물었다.

"반장님은 위암 말기셨어. 이미 여행을 준비하시기 전부터 알고 계셨을 거야."

"뭐? 그럼 그 사고 때문이 아니라……."

"제가 저 사람에 대해 알아보면서 제일 이상했던게 바로 그 반장님이었어요. 왜 사라진 거지? 아무리 자신이 계획한 여행으로 모두 사고를 당했다고 자책을 했더라도, 반장님한테는 아직 아이들이 있었거든요. 우린 알잖아요. 아무리 힘들어도 그 어떤 상황이라도 아이를 포기하는 부모는 없다는 사실을. 특히 자신마저 없으면 아이들은 어쩔 수 없이 보육원에 간다는 걸 뻔히 알면서도 말이에요."

"그렇지. 그런 부모는 없지. 자신은 어떻게 되더라도, 자식들 손에 가시 하나 박히는 것도 싫은 게 부모니까."

"그러니까요. 그래서 그런 부모가 둘만 남은 아이들을 두고 사라졌다면, 그건 도망이 아닐 수도 있다고 생각했어요."

"그럼 도망이 아니면 뭔데? 왜 저렇게 된 건데? 왜 저기 있는 건데?"

선영은 뭔가를 예감한 듯, 울먹이며 선록에게 물었다. 선록은 불안한 눈빛에 어쩌지 못하고 있는 김민철을 보며 말을 이어갔다.

"부모는 당연히 아이 걱정부터 시작한 거겠죠. 반장님의 주변 분들께 들어보니, 반장님도 아내 분도 모두 친척이 거의 없다고 했어요. 고아는 아니지만 모두 일찍 돌아가셨다고, 형제가 있기는 했지만 반장님 동생은 감옥에 있다고 하고요. 아주머니의 여동생들은 너무 가난하게 살고 있다고."

"왜 지금 그런 얘기가 나오는 거야!"

선록의 말에 김민철은 갑자기 화를 내기 시작했다. 선록은 어쩌면 이미 이런 반응을 예상했는지, 당황하지 않고 그의 말을 받아쳤다.

"그게 가장 큰 이유니까. 당신이! 지금! 이 모든 일을 벌인 가장 큰 이유니까!"

"그게 무슨 소리예요?"

둘에 대화를 듣고 있던 완수가 너무 놀란 채로 물었다. 그런데 질문을 하는 동시에 그의 머리를 스치고 지나가는 것이 있었다.

"설마……, 저 사람 사망신고 때문이에요? 사망신고를 안 하려고요?"

"그렇겠지. 공식적으로는 실종이니까."

"실종이라고요? 이게 실종이라고요? 엄연히 시신유기잖아! 그냥 범죄라고요!"

"아니 그게 무슨 말이야?"

아직 상황이 정리가 안된 장인은 이들이 도대체 무슨 말을 하는 건지 알아들을 수가 없었다.

"아버지가 원한 거였어. 살려달라고. 아버지가 나한테 살려달라고 했다고!"

김민철은 결국 참지 못하고 소리를 질렀다.

"뭐?"

"그래. 아버지는 이미 위암 말기셨어. 우리 중에 의사가 둘이나 있는데도, 우리한테는 오지도 않으시고 혹시라도 짐이 될까 봐 다른 병원에 가셨더라고. 우리는 아무도 몰랐어. 아줌마도, 동주도. 아버지께서는 뭐가 그렇게 짐이 되는 게 무서웠는지, 치료를 거부하고 그냥 집에서 편히 쉬다가 가겠다며 병원에서 나오셨대. 나는 이 모든 걸 사고가 나고 나서야 알았어…….

그런데 그런 아버지가 마지막으로 계획한 여행에서 다 죽어버린 거야! 자신과 나만 빼고 죽어버린 거지. 아버지는 깨어나자마자 나를 잡고 우셨어. 본인도 곧 죽을 텐데 나보고 어떡하냐고. 나는 정말 아무것도 할 수가 없더라. 나 스스로가 너무 작은 존재로 느껴져서 나는 그 자리에서 울지도 못했어. 머릿속으로는 계속 동주는 어떡하라고. 더 어린 동준이는? 그리고 나는? 나는…… 또 어떻게 살라고 떠나냐고. 죽음을 앞에 둔 아버지를 원망하고 있었어.

그런데 울음을 그치신 아버지가 그랬어. 그런데 너무 미안하지만, 부탁 하나만 하자고."

"부탁?"

"처음에는 나도 동주와 동준이를 부탁하시려는 줄 알았어. 근데……"

"근데?"

"아버지가 나보고 자기를 살려달래. 아니 살아있는 것으로 해달래. 자기는 아직 죽으면 안 된다고. 말도 안 되는 줄 알지만, 그래도 부탁한다고."

"그게…… 무슨…….."

동주가 끼어들었다.

"나 때문이에요. 동준이랑 나 때문에, 우리 때문에 삼촌한테 이 말도 안 되는 부탁을 한 거예요. 우린 친척이 없어요. 할머니도 할아버지도 다 돌아가시고, 삼촌이 하나 있는데, 감옥에 있다가 나와서 이제 연락도 안 되고요. 외가댁도 없는 거나 마찬가지예요. 아빠는 아마 겁이 났을 거예요. 우리들이 고아가 되는 게. 저랑 동준이를 보육원에 보내고 싶지 않았을 거예요. 저한테 그랬어요. 혼자 살 수 있냐고. 동준이 챙기면서 너 혼자 살아갈 수 있겠냐고. 집도 있고 돈도 있으니 낭비만 하지 않으면 동준이 대학 갈 때까지는 쓸 수 있는 돈은 있다고. 그러니까 혼자서 할 수 있겠냐고.

"그래서 나한테 부탁을 한 거예요. 동주가 성인이 될 때까지, 보호자가 없이 법적으로 아이들만 살 수 있을 때까지, 자기를 살아있는 것으로 해달라고."

"그게 가능해? 말도 안 되는 소리야."

"나도 처음에는 말도 안 된다고 했어요. 아이들은 내가 기르면 된다, 문제가 되면 내가 입양을 하겠다고. 그러니까 그런 말도 안 되는 얘기는 하지 말라고. 그런데 아버지가 뭐라고 했는지 알아요?"

김민철은 헛웃음으로 물어봤지만, 아무도 대답은 할 수 없었다.

"그러면 내 딸 성도 바꿔야 하지 않냐고, 김동주보다 여동주가 훨씬 더 예쁘다고. 그 상황에서 농담을 하더라고요. 그런데 나도 갑자기 아버지의 말에 웃음이 나오면서 거절을 못 하겠더라고요. 얼마나 아버지가 진심으로 바라는지, 그 웃는 눈빛 속에서 빨갛게 충혈되어 있는 눈이 말해주고 있었거든요. 그래서 어쩔 수가 없었어요. 아버지 말대로 하는 거 말고는 내가 선택할 수 있는 게 없었으니까요."

"그래서 죽은 사람을 이쪽으로 옮긴 거야? 죽지 않은 걸로 하려고?"

화가 너무 많이 난 완수는 거의 소리를 지르듯 물었다. 하지만 선록은 오히려 차분하게 민철을 바라보고 있었다.

"예……."

김민철은 고개를 숙이고 힘없이 대답했다. 동주는 어느새 그 자리에 주저앉아 울고 있었다. 그런데 선록은 그 모습에서 다시 이상한 장면을 발견했다. 고개 숙인 채 울고 있는 듯 보이는 민철의 손이 불안한 듯 반복적으로 다리를 치고 있었기 때문이다. 선록은 그 순간 너무 화가 나기 시작했다.

"죽은 다음에 옮긴 게 아니지?"

"예?"

"당신! 반장님 죽은 다음에 옮긴 게 아니지?"

"아니, 그게 무슨 말이야! 박 서방, 그게 무슨 말이냐고."

선록의 울부짖는 듯한 질문에 모두들 놀라고 있었다. 특히 장인은 처음 보는 큰 사위의 화내는 모습에 너무 놀라 자신도 모르게 소리를 지르고 있었다.

"설마……."

완수도 뭔가 눈치를 챘다.

"설마…… 저 사람? 살아있는 채로 들어간 거야? 저 사람 얼어 죽은 거냐고?"

김민철은 아무 말도 못하고 그 자리에서 부들부들 떨고 있었다. 뭔가 눈앞에 귀신이라도 본 것처럼 두 발을 땅에 딱 붙인 채, 온몸을 미친 듯이 떨고 있었다.

"맞아! 그러니까 온도에 저렇게 예민했던 거야. 어차피 이미 죽은 사람은 그냥 냉동이 되었다면 온도가 조금 떨어지는 건 큰 문제가 되진 않았겠지. 하지만 만약 살아서 들어가야 하는 거였다면, 시체가 아니라 죽기 전에 들어가서 동사해야 한다면 냉동

실의 온도가 시신에 어떤 영향을 줄지 겁이 난 거겠지. 아무리 의사라도 그런 경험은 없었을 테니까."

순간 동주가 천천히 민철에게 걸어가기 시작했다. 민철은 여전히 고개를 숙인 채 몸을 떨고 있었고, 동주는 그런 민철의 앞에서서 천천히 그에게 물었다.

"삼촌? 이게 무슨 얘기야? 아빠가 얼어 죽은 거라니? 저 안에 들어가서 돌아가신 거라니 이게 무슨 소리냐고!"

"동주야……. 미안해……."

"아… 아… 어떡해. 아… 아… 아악!"

동주는 그 자리에서 쓰러지고 말았다. 아마 지금 이 모든 걸 받아들일 수 없었을 것이다. 선애와 선영이 달려가서 동주를 부축했다. 하지만 이미 동주는 정신을 차리지 못하고 실신하고 말았다.

"당신, 뭐하는 거야! 의사잖아! 얘 어떡하냐고!"

선애가 민철을 향해 소리를 질렀지만, 이미 정신이 나간 김민철은 아무것도 하지 못했다. 상황이 심각하다고 느낀 선영은 선록의 주머니에서 차키를 꺼냈다.

"야, 얘 나한테 업혀. 우선 빨리 병원으로 가자."

선영의 갑작스러운 행동에 선록은 자신도 함께 가야겠다는 생각이 들었다.

"내가 업을게."

"아냐! 선애랑 나랑 갈게! 괜찮아. 이 일, 어차피 자기가 시작한 거잖아. 여기서 끝을 보고 와. 어느 쪽이든 말이야."

선영의 말에 선록은 아무 대답도 하지 못했다. 선영은 서둘러 동주를 업고 차로 향했다. 선애도 선영의 뒤에서 동주를 살피며 따라 나섰다. 그러는 사이 김민철은 모든걸 체념한 듯 멍한 시선으로 먼산만 바라보았다.

얼마나 시간이 지났을까. 김민철은 선록과 완수에게 모든 것을 털어놓았다.

"어쩔 수가 없었어요. 저는 이미 너무 많은 사람들을 책임져야 하는 상황이었으니까요. 저는 이 직업을 잃을 수 없었어요. 아니, 절대 감옥에 가면 안 되는 상황이었어요. 제가 감옥에 가는 순간, 제 가족과 친구들의 가족, 모두의 생계가 끊겨버리는 것이니까요. 그래서 저는 방법을 찾을 수 밖에 없었어요."

"그래서 그 방법이라는 것이, 살아있는 채로 저기 들어가라고 한 거야? 자살하라고?"

"저도 쉽지는 않았어요. 방법을 찾고 나서도, 그 말을 아버지한테 전하는 일은 정말 엄두가 나지 않았으니까요. 하지만 정말 어쩔 수가 없었어요. 이제 정말 아버지한테 남아있는 시간이 얼마 남지 않았다는 것을 알고 있었거든요."

"그래서 말을 한 거야? 아버지 같은 사람한테! 저기 들어가서 얼어 죽으라고?"

장인은 얼마나 화가 났는지 한마디 한마디를 이를 악물어 가며 말했다.

"정말 어쩔 수 없었어요. 남아있는 아이들을 살려야 했으니까요. 동주와 동준이도 책임져야 했으니까요."

김민철은 그 자리에서 한참을 울었다. 선록과 완수도 너무 화가 났지만, 또 한편 그의 상황이 너무 안타까웠다. 그렇게 한참을 운 김민철은 다시 심호흡을 하고 다시 이야기를 시작했다.

"어렵게 말씀을 드렸더니, 아버지는 저한테 미안하다고 했어요. 자기가 너무 무식해서 아무것도 몰랐다고. 제가 아니면 정말 큰일날 뻔했다고. 그리고 심지어 저한테 고맙다고까지 하시더라고요. 그런 얘기 자기한테 하기 힘들었을 텐데, 얘기 해줘서 정말 고맙다고."

장인은 민철의 그 말에 꼭 쥐고 있던 주먹의 힘이 풀렸다. 어쩌면 그도 같았을 것이기 때문이다. 자신도 같은 상황이라면, 자신의 고통으로 가족들이 조금 더 안전 할 수 있다면 본인도 기꺼이 그렇게 했을 것이라는 생각이, 김민철에 대한 분노가 가슴이 사라져버릴 것 같은 아픔으로 바뀌었다.

"이 폐공장도 다 아버지가 준비하셨어요. 병원에서 나와서 여기저기 돌아다니면서 말이죠. 혹시 모르니까 계약만 내 이름으로 했어요. 그리고 저한테 자신의 상태를 봐달라고 했어요. 자신은 자기가 언제 죽는지를 정확히 알아야 한다고, 그래서 저는

246

대학병원에서 나와서 개인병원을 개원했어요. 대학병원에는 눈도 많고 기록도 많이 남으니까 아버지의 상태를 점검할 수 없었거든요. 그래서 급하게 병원을 개원한 뒤에는 매일 밤 아버지의 남은 생명을 확인했고, 아버지가 우리 곁을 떠나는 모습을 지켜봐야만 했어요. 그리고 정말 얼마 남지 않았을 때 아버지와 작별을 했지요."

선록은 도저히 믿을 수가 없었다. 지금까지 주변의 많은 죽음을 보고 들었지만, 이 죽음만큼은 이해할 수 없었다. 어떤 마음이면 스스로 냉장고에 들어가서 죽음을 맞이할 수 있을까? 선록은 마치 지금 본인이 냉동고 안에서 누워 있는 것 같은 갑갑함과 오싹함을 느꼈다.

"정말 아버지의 모든 신체적 신호가 끝을 향하고 있고, 마지막 의식만 겨우 실처럼 남아 있을 때, 저는 아버지를 모시고 이곳에 왔어요. 아버지는 오는 길에 수면제를 두 알 드셨는데, 이미 사고가 난 후부터 계속 처방을 받아서 먹고 있었다고 했어요. 혹시라도 부검을 하게 되었을 때, 수면제가 나온 것이 이상하지 않도록 미리 준비한 것이었고요. 그렇게 냉동고에 스스로 들어가셨는데, 저는 도저히 여기 있을 수가 없겠더라고요. 그래서 아버지가 냉동고에 들어가시자마자 저는 미친 듯이 뛰어서 공장 밖에서 나왔어요. 그렇게 어디로 가지도 못하고 공장 주변을 맴돌고 있는데, 한 30분 정도 후에 전화가 오는 거예요. 아버지한테."

"예? 뭐라고요?"

"제가 너무 놀라서 전화를 받으니까 정말 아버지였어요. '민철아. 아직 아닌가 보다. 너무 춥다. 숨도 막히고.' 아버지의 전화를 받자마자 미친 듯이 달려가서 아버지를 꺼냈어요. 그리고 모든 걸 관두자고 했어요. 나는 못하겠다고, 이건 진짜 아닌 거 같다고. 그런데 아버지는 말했어요. 너는 알고 있지 않냐고, 이제 정말 얼마 남지 않은 거, 다음에는 본인이 절대 휴대폰을 가져가지 않을 테니 한 번만 더 해보자고. 그때는 너도 여기서 어슬렁거리지 말고 집에 가서 푹 자고 나중에 오라고, 그렇게 말하면서 자신의 수면제를 저에게 두 알 주시더라고요."

"진짜 다 미쳤어!"

이 상황을 도저히 이해 할 수 없는 완수는 울면서 속삭였다.

"그리고 정말 마지막 순간에는 이곳에 오는 차에서 의식을 잃으셨어요. 그런 아버지의 마지막 말씀은 냉동고였어요, 냉동고. 얼마나 간절하신 건지⋯⋯. 자신의 삶이 얼마 안 남았다는 걸 알고 저한테 마지막으로 보낸 메시지가, 자신을 냉동고로 데려다 달라는 거였어요. 정말 심장이 모레로 변해버린 것처럼 산산이 부서졌어요."

선록은 그가 말을 하면 할수록 그를 똑바로 쳐다볼 수가 없었다. 스스로 자식들을 위해, 냉동실에 직접 들어간 반장님의 삶도 너무 안타깝고 놀라웠지만, 그 모든 과정을 가장 가까운 곳에서 도와준 사람이 아직도 살아서 이렇게 누군가에게 그 날의 일들을 이야기 하고 있다는 것이. 그의 기준에서는 상상도 할 수 없는 일이었기 때문이다.

"그렇게 아버지가 먼저 가시고 나서 지금까지 계속 생각했어요. 아버지는 왜 이렇게까지 하신 걸까? 얼마나 우리가 안쓰러웠으면, 동주랑 동준이를 고아원에 보내지 않기 위해 이렇게까지 하시는 걸까? 그 생각이 들면, 저는 차라리 그때 내가 아버지에게 말을 걸지 않았어야 하는 게 아닐까라는 자책까지 하게 되면서 제대로 된 삶을 살 수가 없었죠."

"201020······."

그때 완수의 입에서 동주의 아이디가 나왔다. 완수는 민철의 이야기를 들으면서 갑자기 동주의 아이디가 떠오른 것이다.

"20년 10월 20일, 오늘이 10월 20일이었어."

완수의 말에 선록은 민철을 바라봤다. 민철은 차분하게 선록의 눈빛에 대답했다.

"맞아요. 우리 아버지 기일, 우리를 위해서 스스로 냉동실에 들어가신 날. 바로 작년 오늘이었어요."

"그럼 2404는 뭐야?"

선록의 입에서도 민철의 아이디가 나왔다. 아마 민철의 아이디도 뭔가 날짜인 것 같다는 생각이 들었기 때문이다.

"동주가 성인이 되는 달이에요. 성인이 되는 날 바로 어떤 사건이 드러나면 의심을 받을 수도 있어서. 저는 그냥 그 달만 기억해 뒀다가, 자연스럽게 천천히 이 모든 걸 처리하고 끝낼 생각이었어요."

김민철에게 들은 얘기는 선록에게 너무 충격적이었다. 현실성이 너무 없어서 이 모든 이야기가 그저 누군가 잘 짜놓은 거짓말 같았다. 다른 사람들도 그런 생각이었는지, 장인과 완수도 이제는 눈물을 멈춘 채 멍하게 있었다.

"이게 끝이에요."

김민철에게서 저 말을 듣는 순가, 선록에게는 아직 해결되지 않은 문제들이 떠올랐다. 바로 그 냉동탑차와 제이크의 존재였다. 김민철의 말을 의심하는 건 아니지만, 시간의 디테일이 맞지 않는다. 반장 아저씨가 돌아가신 것은 2020년 10월이다. 그런데 내가 냉동 탑차에서 수상함을 발견한 견 불과 몇 달 전 일이다. 게다가 제이크는 바로 얼마 전에 죽은 동물들을 밭에 묻었다. 이 모든 것들은 민철의 이야기에서 다 빠져 있었다. 지금도 이미 충분히 충격적인 사건이었지만, 이 이야기 속에서도 무엇인가 더 숨긴 것이 있다는 사실을 느낄 수 없었다. 선록은 더 이상 알고 싶지 않다는 강한 충동을 느꼈다. 하지만 그렇다고 여기까지 와서 멈출 수는 없었다.

"그럼 그 냉동 탑차는 뭐예요? 거기에는 뭐가 있었던 거죠?

제이크가 땅에 묻은 건 또 뭐고요?"

선록의 갑작스러운 질문에 김민철은 다시 당황하고 있음을 감출 수 없었다. 이 순간 무엇을 어떻게 얘기해야 할지 고민했지만, 아무것도 생각이 나지 않은 김민철은 아무런 대답도 못하고 우물거리고 있었다.

그런데 그때, 갑자기 문에서 제이크가 나왔다. 그는 마치 이미 모든 걸 말할 준비가 되어있다는 표정으로 천천히 선록에게 다가오고 있었다. 제이크에 등장에 모두들 당황했다. 하지만 누구보다 크게 당황한 것은 바로 민철이었다. 그는 제이크의 등장과 함께 아주 많이 불안한 모습을 보이기 시작했고, 그가 선록에게 다가가자 그를 막고자 그의 손을 잡았다. 하지만 제이크는 민철에게 눈을 맞추며, 그의 손을 부드럽게 빼고는 그대로 선록의 앞에 섰다.

"이 다음부터는 제가 말할게요."

폐공장-2

"제이크."

제이크의 갑작스러운 등장에 민철은 많이 당황하며, 그를 막으려고 했다. 하지만 제이크는 아주 단호한 표정으로 선록에게 말을 하고 있었다.

"선생님도 똑같아요. 다 혼자 책임지려고 하는 건요."

제이크의 등장에 깜짝 놀란 장인은, 둘 사이의 대화에 급하게 껴들면서 제이크에게 말을 걸었다.

"제이크, 여기는 어떻게 알고 왔어?"

"할머니가 주신 음식 그릇을 돌려드리려고 갔는데, 말해주셨어요. 다들 여기로 갔다고."

"제이크, 근데 너는 상관없잖아. 그냥 돌아가."

당황한 김민철은 어떻게든 제이크를 나가게 하고 싶었다. 하지만 제이크는 그런 민철의 행동에 뭔가 화가 난 듯 보였다."

"왜 상관이 없어요. 제가 이렇게 만든 건데."

"그건 또 무슨 말이야?"

"저에요. 제가 문제였어요. 처음에 선생님을 찾아왔을 때, 제가 제일 놀랐던 건 선생님의 얼굴에 웃음이 사라진 거였어요. 전 알거든요. 선생님이 다른 선생님들하고 있을 때 어떤 표정을 짓는지. 그런데 그 표정이 없는 거예요. 가끔 웃기는 했지만, 그건 그냥 환자를 안심시키기 위해 억지로 하는 것들이었고요. 자신은 정작 괜찮지 않은 자신의 상태를 숨기기 위해, 억지로 만들어내는 웃음뿐이었으니까요. 그래서 제가 돕겠다고 했어요. 뭐라도 돕겠다고."

"제이크, 그만해. 넌 상관없는 일이라니까! 너 의사 안 할 거야?"

제이크의 등장에 다시 흥분해서, 몸을 쓰려고 하는 민철을 장인과 완수가 그의 양팔을 잡고 진정시키고 있었다. 그 모습을 보고 있는 제이크는 자신이 하고 싶은 얘기를 다 하기로 마음을 먹고, 더 용기를 냈다.

"선생님, 제가 이렇게 만든 거잖아요."

제이크는 냉동고로 걸어가 밑에 있는 문을 열었다. 그리고 그곳에는 하나의 시신이 더 있었다. 시신은 한눈에 봐도 나이가 많아 보이는 남자의 시신이었다.

사람들은 밑에 나타난 시신의 존재에 또 다시 놀랐다.

"어쩌면 내가 막을 수도 있었어요. 아니 적어도 지금처럼 이런 상황까지는 오지 않았을지도 모르죠. 저도 오로지 선생님이 아무것도 하지 않길 바랐으니까요."

"그게 무슨 소리야."

성질이 급한 장인은 제이크에게 다그치듯이 물었다.

"제가 선생님을 돕겠다고 하도 고집을 피우자, 선생님은 못 이기는 척 저에게 반장님의 검사를 맡겼어요. 아마 매일 검사를 하면서 그 사람의 죽음을 기다리는 게 너무 괴로웠겠죠. 그래서 낮에는 웃는 모습으로 반장님에게 다녀가고, 밤에 하는 검사는 제가 다 맡아서 하게 됐죠. 처음에는 저도 몰랐어요. 그게 얼마나 무서운 일을 하려고 했던 준비들이었는지. 하지만 곧 알게 됐어요. 제가 그 분을 위해서 하고 있는 것들이 생명을 연장시키기 위한 조치들이 아니 였으니까요. 그래서 제가 반장님을 협박했어요. 다 말하라고. 지금 무슨 짓을 하려는 거냐고? 적어도 내가 아는 선생님은 나쁜 짓을 할 사람이 아니니까요. 반장님은 말을 하기 전부터 울고 있었어요. 그 눈물이 누구를 향한 건지는 몰랐지만, 적어도 확실한 건 있었죠. 자신의 죽음에 대한 두려움은 아니라는 거. 그 눈물은 결국 남겨진 사람들에 대한 미안함과 안타까움이었죠. 저는 아주 많이 고민했지만, 결론은 저도 선생님과 다르지 않았어요."

"그래, 제이크 이제 다 됐으니까, 그만 가. 다 말했잖아."

아직도 뭔가를 숨기고 싶은 건지, 김민철은 점점 더 불안해하고 있었다.

"저는 바로 선생님한테 말했어요. 다 안다고 내가 돕겠다고, 하지만 선생님은 당연히 반대했어요. 나한테 검사를 맡긴 것부터가 자신의 큰 실수라고. 미안하다며, 이제 다 빠지라고 했죠. 하지만 전 관둘 수 없었죠. 선생님 혼자 이 지옥에 둘 수는 없었거든요. 그래서 저는 시간이 날 때마다 이곳에 와서 정리를 했어요. 처음에는 여기가 진짜 엉망이었거든요. 그래서 그냥 기도하는 마음으로 청소를 했어요. 그리고 반장님의 부탁으로 이 냉동고도 제가 주문했어요. 처음에는 시신용 냉동고를 알아봤는데, 제가 아직 의사도 아니고, 사용처가 분명하지 않으니 의심을 살 수도 있겠더라고요. 그래서 그냥 식당 한다고 하고, 이걸 주문했죠. 그런데, 이 냉동고가 들어오던 날, 여기서 이 공장의 주인을 만난 거 예요"

"누구? 그 철물점?"

"모르겠어요. 여튼 자기가 여기 주인이라고 말하는 할아버지였어요. 그 할아버지도 뭔가 이상했나 봐요. 빌려놓고 아무것도 만들지 않고, 한참을 비워두다가 갑자기 청소를 하니까요. 아무래도 처음부터 수상해서 수시로 와봤던 거 같더라고요. 그런데 냉동고까지 들어오니까 진짜 뭔가가 있다고 확신한 거죠. 지금 아저씨들처럼요."

선록은 그때부터 뭔가 떠오르는 장면들이 있었다. 냉동탑차, 그 냉동팬, 길에서의 덜컹거림, 자신의 머릿속에서 수백 번을 재생되었던 장면이 다시 떠오른 것이다.

"순간 저는 뭐라도 둘러대려고 했어요. 그런데 아무리 생각해 봐도 둘러댈 말이 떠오르지 않았어요. 제가 당황해서 땀만 흘리고 있으니까, 그 할아버지가 계속 무서운 눈으로 다그치며 물었죠. 그때 이런 생각이 들었어요. 차라리 다 말해버리자,"

김민철은 뭐가 괴로운지 제이크의 말에 눈을 감아버렸다.

"그래. 이대로 모든 게 밝혀지면 다 좋은 거 아냐? 어차피 아직은 아무것도 일어나지 않았으니까! 전 막을 수 있다고 생각했죠."

"그래서 다 말한 거야? 철물점한테?"

"예, 다 말했어요. 우리가 뭘 하려고 하는지, 우리가 왜 이러려고 하는지. 그리고 저는 경찰에 신고해주길 바랐어요. 여기서 다 멈출 수 있게."

"그런데 아니었던 거야?"

"이상해요. 한국에는 죽어도 죽지 못하는 사람들이 많은가 봐요. 그 할아버지가 자기도 넣어달라고 했어요. 자기도 아직 죽으면 안 된다고,"

"뭐? 그럼 저게 철물점이야?"

장인은 너무 놀라서 닫혀있던 냉장고 문을 다시 열어서 확인했다. 그리고 그곳에 누워있는 것이 철물점 할아버지인 걸 확인하고는 그 자리에 주저앉고 말았다.

제이크는 조용히 다가가 장인의 손에 잡혀있는 냉동고의 문손잡이를 빼서 문을 닫았다.

"당신, 그 지옥 같은 일을 두 번이나 한 거야?"

선록이 처음 이 사건을 예상했던 것은 돈이 너무 급하게 필요한 민철이 이 건물을 빌려서 불법의료 시술을 하는 정도였다. 다른 가족들한테도 말했던 것처럼 장기매매나 장기 이식 같은 너무 심각한 사건도 아니고, 기껏해야 불법 성형수술 정도일 거라고. 그런데 지금 드러난 사건들은 충격의 연속이었다.

"저 놈은 또 왜 그런 거야……. 왜 저기 들어가 있냐고?"

예상하지 못했던 동네 친구의 죽음을 목격한 장인은 정신을 차리지 못하고 그 앞에 앉아, 계속 중얼거리고 있었다.

"아들이 있다고 했어요. 그 아들이 워낙 이기적이고 욕심도 많아서, 자기가 가진 재산을 모두 노리고 있다고요. 그런데 어차피 자기가 자식을 잘못 키운 거라 어쩔 수 없다고 생각했는데, 그래도 이 공장만큼은 물려줄 사람이 있어서 지켜야 한다고 했어요."

장인은 자신이 알고 있는 이야기에 갑자기 정신이 조금 돌아왔다.

"맞아. 딸이 하나 있었어."

"딸도 하나 있었는데, 그 딸이 어릴 때 가출을 했다고 했어요. 그리고 몇 년 전에 죽었다는 연락을 받았대요. 무슨 병에 걸렸는데, 자기한테 좀만 일찍 왔어도 살릴 수 있었다고 엄청 우셨어요, 그런데 그 딸한테도 아이가 있었던 거죠. 아빠는 누군지도 모르는 초등학생 딸. 손녀를 보고 할아버지는 진짜 많이 울었대요. 딸의 어릴 적 모습을 너무 닮아서, 그래서 그 아이를 데려오고 싶었는데, 아들이 반대를 했던 거예요. 어쩌면 당연한 거죠. 욕심이 많은 아들입장에서는 그 아이의 존재가 자신이 받을 유산을 뺏어가는 존재일 테니까요. 할아버지는 그래서 결국 아들의 반대를 이기지 못하고, 외국으로 유학을 보냈다고 했어요. 대신 할아버지는 초등학생이던 아이에게 대학을 갈 때까지의 모든 학비랑 생활비를 주고, 하숙집까지 알아봐 놨다고 했어요. 그리고 그 아이가 성인이 되면, 이 공장을 주려고 한 거죠. 아들은 처음에 당연히 동의하지 않았지만, 지금 당장 유학을 보낸다고 하니, 뭔가 생각이 있는지 순순히 받아들였다고 하더라고요……."

이미 여기서 이야기가 끝이 아니라고 생각한 장인은 그에게 물었다.

"그런데?"

"그런데 그 할아버지가 병에 걸렸대요. 알츠하이머, 치매……라고 했어요. 점점 기억을 잃어버리는 병, 하나씩 하나씩 세상이 지워버리는 병이에요. 그 병에 걸린 걸 안 순간, 또 하염없이 눈물을 쏟으셨대요. 자신은 딸도 지키지 못했는데, 그 딸의 딸도 지키지 못할 것 같아서요. 할아버지가 생각할 때 자신의 병을 아들이 아는 순간, 아들은 자신을 병원에 넣을 거라고 생각했어요. 그리고 아들이라면 분명히 온갖 방법을 동원해서 남은 재산을 가져가리라는 것도요. 그 아이의 몫으로 남긴 것까지 모조리. 그래서 저한테 말했어요. 저 자리를 달라고, 자기가 들어가겠다고, 자기는 아주 오래 있어야 하니 신경 안 써도 된다고, 그냥 우리 일만 끝나면 저 냉동고만 그대로 두고 그냥 가달라고."

사람들의 마음은 더 먹먹해졌다. 그 뒤의 이야기는 김민철이 대신 했다.

"할아버지는 치매 외에는 다른 병 없이 건강하셨어요. 하지만 뭔가 마음이 급하셨던 거 같아요. 아마도 자신의 치매가 심해지면 심해질수록 아들이 알게 될 가능성이랑, 계획이 실패할 가능성이 높아진다고 생각했겠죠. 아들에게는 손녀에게 몇 년 가 있겠다고 했대요. 그러니까 우리 아버지부터 잘 마무리하고, 제가 준비가 되면 그때 본인이 들어가겠다고 했어요. 언제라도 상관없으니 너무 늦지만 않게 해달라고."

이야기가 진행될수록 가족들은 자꾸 냉동고로 시선이 모이고 있었다. 김민철이 말하고는 있었지만, 그곳에 있는 모든 사람들은 문 닫혀 있는 그 냉동고를 보고 있었다.

"하지만 저는 역시 쉽게 마음의 준비가 되지 않았어요. 아버지의 죽음이 저에게는 이미 너무 큰 충격이고 상처였으니까요. 그런데 어느 날부터인가 할아버지한테 자꾸 문자가 오기 시작하는 거예요. 자기가 자꾸 기억이 사라진다고, 혹시 이 계획까지 다 잊어버릴까 봐 자꾸 여기를 와보는데, 가끔씩 너무 낯설 때가 있다고. 겁이 난다고. 기억을 지키지 못해서, 손녀까지 지키지 못할까 봐. 너무 늦지만 않게 해달라고. 너무 늦지만 않게 해달라고. 문자를 자꾸 보내셨어요. 저는 결국 이마저도 제가 꼭 해야 할 일이라는 걸 깨달았죠."

김민철이 다시 그날의 기억이 떠오르는지 한동안 말을 멈추자, 제이크가 이야기를 이어서 하려고 했다. 하지만 김민철은 크게 심호흡을 하고 자신이 말을 이어 나갔다.

"그냥 단순하게 넣어서 되는 문제는 아니라고 생각을 했어요. 냉장고 용량도 있고, 두 구의 시신이 적어도 몇 년 동안은 부패가 진행되지 않아야 하니까요. 그래서 실험을 한 거예요. 사람으로는 할 수 없으니까 구할 수 있는 가장 큰 동물들로요. 하루에도 국도를 몇 시간씩 돌아다녔어요. 죽어가는 동물들을 구하기 위해서. 그렇게 구한 동물들로 실험을 했죠. 시신은 얼마 만에 완전히 완전히 어는지, 두 구의 시신이 이곳에서 함께 있어도 문제는 없는지, 할아버지의 무게만큼의 동물들을 모아서 실험을 하고, 내장까지 다 냉동이 되고 부패가 안 되는지, 해부도 해봤어요."

"그럼 그 밭에 묻은 것들이 그 동물들인 거겠네요."

선록에게는 민철이 했다는 그 행동들이 너무 무서운 일이었지만, 그 무서운 행동들을 어쩔 수 없이 하고 있었을 저들의 마음을 생각하니 너무 아팠다.

"그걸 어찌했누⋯⋯."

처음에는 냉동고를 하나 더 주문할까도 고민했어요. 하지만 이미 이곳에 다른 누군가를 불러들인다는 게 더 큰 리스크라고 생각했죠. 당장은 누군가가 알게 되는 것이 제일 두려웠으니까. 그래서 우선은 그냥 이렇게 하기로 했어요. 그리고 준비가 다 됐다고 문자를 드렸죠. 할아버지는 '고맙다. 고생했다.' 딱 두 마디만 보내셨어요. 그리고 얼마 후 자신이 좋아하시던 식당에서 갈비탕 한 그릇에 소주 반 병을 반주로 드신 할아버지는 집에 와서 수면제를 드셨어요. 아주 많이요. 그리고 해가 질 때쯤 저에게 예약된 문자가 발송되었어요. [냉동고]라고."

"하."

장인의 입에서는 짧은 탄식이 흘러나왔다.

"두 분의 죽음은 너무 똑같았어요. 마지막 말이 '냉동고'였으

니까요. 아마 그날일 거예요, 강호의 냉동 탑차를 보신 날이. 그
날 저랑 제이크는 병원 침대를 가지고 할아버지를 모셔가는 길
이었고요. 저희가 도착했을 때는 사망인 상태가 아니셔서 냉동
탑차에 실을 때는 갑자기 막 움직이시기도 하고 해서 고생을 좀
했어요. 늦은 밤은 아니어서 누가 볼까 봐 너무 겁이 났었거든
요."

제이크가 그날에 대해 할말이 많은지 말을 이어갔다.

"할아버지를 탑차에 태우려고 했는데, 갑자기 할아버지가 깨
어나셨어요. 엄밀히 말하면 정신이 들었다기보다는 발작에 가
까웠어요. 저는 운전석에서 내려서 나를 도우려는 선생님을 말
렸어요. 혹시라도 누가 보게 되다면 저 혼자인 게 나을 것 같아
서요. 그렇게 문을 잡고 나가겠다고 우기는 할마버지를 겨우 차
에 태울 수 있었고요. 차에서는 바로 사망하셨지만, 침대가 고
정이 안 되서 가는 길에 몇 번이나 차가 흔들릴 수밖에 없었어
요."

그들의 이야기는 모두 끝났다. 그리고 그 뒤로 아무도 말을 할
수 없었다. 층고가 높은 공간을 울리는 것은 그저 산 사람들의
숨소리뿐이었다. 아무도 그들을 비난할 수 없었다. 지금 이 순
간 그들이 살아 온 삶에 그 누가 쉽게 말을 보탤 수 있을까? 그
리고 저들의 죽음에 그 누가 어떤 기준을 들이댈 수 있을까? 그
들의 아픔은 이미 그들의 삶에 베어 있었고, 잠든 자들의 희생

은 이미 남은 자들의 뼛속에 새겨져 있었다.

얼마의 시간이 지났을까? 한참을 멍하게 있던 장인이 먼저 말을 건넸다.

"인사 드리자."

그들은 얼굴 한번 본 적 없는 이들을 위해 절을 하고 술잔을 올렸다. 한 명씩 돌아가며 인사를 드리는 동안 김민철은 상주가 되어 옆에 서있었다.

제사가 끝나고 모든 사람이 상을 모여 음식들을 그저 묵묵하게 나눠 먹었다. 음복이 모두 끝났지만, 아무도 앞으로 뭘 어떻게 해야 할지에 대해서는 말을 하지 않았다.

그때 어디선가 사이렌이 울려왔다. 아무도 놀라지 않았고, 아무도 반응하지 않았다. 그것은 어쩌면 이 모든 사건이 이제야 온전히 마무리가 될 수 있을 것이라는 안도감이 생겼기 때문일 것이다. 그렇게 그들은 그곳에 멍하니 서서 점점 가까워지는 사이렌 소리를 듣고 있었다.

편지

[삼촌.

처음에 눈을 떴을 때, 내가 들었던 모든 얘기가 다 악몽이라고 생각했어. 그냥 너무 나쁜 꿈을 꾼거라고. 하지만 옆에서 나를 안쓰럽게 봐주는 그분들은 보고 이게 다 꿈이 아니라는 거를 알았지. 그날 집에 들어가서 동준이를 꼭 안으면서 제발 이 모든 게 악몽이었으면 좋겠다고 생각했어. 그런데 문득 만약 이 모든 걸 꿈으로 만들 수가 있다면 어디부터 꿈으로 만들어야 하는지 모르겠다는 생각을 했어. 우리한테는 이미 삼촌이랑 이모들이 너무 많은 추억으로 남아 있으니까.

사고 났던 날 아빠의 표정을 잊을 수가 없어. 삼촌들이 깜짝 선물로 보내 준 그 새 봉고차를 보고, 그렇게 잔소리를 했지만 실은 아빠 엄청 좋아했거든. 그러면서 나한테 그랬어. 성인이 되면 면허부터 따라고. 이 차 삼촌들이 너 사준 거니까 좀 커도 잘 몰고 다니라고. 그때는 신나서 좋다고 했지만, 지금 생각해 보니까 아빠는 그때부터 뭔가를 준비하고 계셨던 거 같아. 엄마는 면허가 없었으니까.

삼촌. 이미 들었겠지만 우리 고아원에 안 갔어. 과수원 할머니가 우리 이모들 찾아가서 부탁했나 봐. 우리는 할머니가 잘 챙길 테니, 보호자로 이름만 올려놔 달라고. 귀찮게도 안 하고. 달라질 것도 없으니 그냥 이름만 올려달라고. 근데 우리 이모들 펑펑 울었대. 미안하다고. 자기들이 길러야 하는 게 맞는데, 사는 게 너무 힘들어 못 해줘서 너무 미안하다고. 할머니 손을 잡고 몇 번이나 잘 부탁한다고 했대. 웃기지? 우리 아빠 너무 바보 같았어. 이렇게 쉬운 걸.

나는 요즘 판사님한테 열심히 편지 쓰고 있어. 아저씨들이 내가 편지 쓰는 게 삼촌한테 도움이 될 수도 있다고 해서. 그런데 나 아저씨들이 시켜서 억지로 쓰는 거 아니야. 그냥 조금 지나고 보니까 이건 누구의 잘못도 아닌 거 같아서. 그냥 벌어진 일이고, 서로 조금 바보 같은 생각들을 한 거니까. 그냥 서로 안아줘야 하는 일들이라고 생각했어.

그러니까 삼촌, 빨리 나와. 기다리고 있을게.]

[잘 지내시나요? 동주에게 들었습니다. 모두 잘 돌봐주고 계시다고요. 뭐라고 감사의 말을 전해야 할지 한참을 고민했지만, 뭐라도 꼭 말해야 할 것 같아서 이렇게 펜을 들었습니다.

폐공장에서 들었던 사이렌 소리가 그때 주셨던 동치미 국물 같았어요. 과수원에 모셔다 드렸던 날, 제가 뭔가 낮부터 체한 건지 속이 답답했었거든요. 근데 그때 맛보라고 주셨던 동치미 국물을 한 모금 마시고 나니까 막힌 속이 뻥 뚫리면서 살 것 같았어요. 그 사이렌 소리가 들리는 순간, 저는 이제 다 끝났다는 생각이 아니라, 아, 이제 살 것 같다는 생각이 들었어요. 꼭 동치미 국물을 마신 것처럼.

신고해주셔서 정말 감사합니다. 만약 그때 누군가 멈춰주지 않았다면, 저는 또 가족들을 핑계로 어떤 짓을 하고 있을지 몰라요.

처음에 감귤마켓에 물건을 팔기 시작했을 때, 실은 생활비가 필요했던 게 아니었어요. 그저 갑자기 그 모든 걸 책임져야 하는 입장에서 친구들의 집에 갈때마다 함께 하려고 사모았던 물건들이 눈에 띄는 게 싫었나봐요. 매일 친구들 집에 들러 그 식솔을 챙기면서도, 그 안에 있는 친구의 물건들을 보면, 갑자기 나도 확 도망가고 싶다는 생각들이 들었거든요. 그래서 최대한 빨리 다 팔아버리고 싶었던 거예요.

그런데 영훈이의 글러브를 팔기로 한 날. 갑자기 영훈이 아들한테 전화가 왔어요. 아빠 죽은 거 맞냐고. 겨우 일곱 살이라 모르는 게 더 좋을 것 같아서 둘러댔었는데, 친구들이 그러더래요. 자기 친구 아빠는 미국으로 출장가도 매일매일 영상통화를 한다고. 니네 아빠 죽은 거라고. 그래서 삼촌한데 물어보려고 전화했대요. 근데 그 일곱 살짜리가 울지를 않더라고요. 아빠가 죽은 거라고 말을 해주는데도요. 그러고는 아빠 글러브 자기가 가지면 안 되냐고 해요. 아빠 글러브 끼면 커다란 아빠 손이 생각나서 아빠 손 잡고 있는거 같은데, 아빠가 없으니까 그거라도 가지고 있으면 안 되냐고요.

그때 멈췄어야 했나 봐요. 친구들의 물건을 파는 것도, 아버지를 꽁꽁 숨겼던 것도요. 어쩌면 저나 아버지의 걱정보다 애들은 훨씬 더 강할지도 모르니까요.

그래서 저도 마음을 좀 내려놓으려고 합니다. 처음에는 친구들의 가족들이 걱정되서 잠도 못잤는데, 면회 와서 웃는 걸 보니까 다들 잘 살더라고요. 저희들처럼요.

그래서 더 감사하다는 말을 드리고 싶었어요. 어머니.

제정신 번쩍 들게 세게 때려주신 그 뺨 한 대에 정신이 돌아왔습니다.

저에게 주어진 죗값 다 치르고 꼭 찾아 뵙겠습니다.

항상 건강하십시오.]

과수원-9

모든 사건이 정리되자 장모는 사위들에게 모두 모여 밥을 먹자고 했다. 장모의 말에 모두들 가벼운 마음으로 전화를 하기 시작했다.

"과수원에 오세요. 모두 다요."

모두 모이기로 한 날, 장모는 아침부터 부산스럽게 움직였다. 마치 잔칫날처럼 불고기와 갈비, 잡채와 전, 각종 나물과 과일에 아이들이 좋아할 만한 돈가스와 탕수육까지 만들었다. 정말 장모는 자신이 할 수 있는 모든 음식을 만들고 있는 기분이었다. 선영과 선애도 장모를 따라 음식을 하느라 정신이 없었다. 선록과 완수는 모두 함께 밥을 먹을 수 있는 장소를 마련하기 위해 분주했다. 장인은 그날 아침 일찍 큰 맘 먹고, 옆에 있는

밭으로 향했다. 밭 주인과 무슨 말이 오고 갔는지는 모르지만,
장인의 뒤에 커다란 짐 가방을 들고 제이크가 따라왔다. 아마도
저 땅에 산업폐기물을 묻고 있다는 증거를 가지고 협박을 했던
것 같다.

점심때가 되자 과수원으로 승합차가 한 대 들어왔다. 아마도
반장님의 예전 차 같았다. 민철은 함께할 수 없었지만, 그 친구
들의 가족들이 대신해서 그 무리가 처음 탔던 그 낡은 승합차를
타고 과수원으로 왔다. 그들은 선록의 안내에 따라 포도밭 끝
쪽에 설치되어 있는 타프텐트 안으로 들어 왔다. 완수가 민철에
게 구매했던 타프텐트는 측면의 바람막이를 모두 제거한 상태
로 건너편 밭과 아파트가 잘 보이는 밭 끝 쪽의 공터에 설치되
어 있었다. 그곳에 커다란 돗자리가 펼쳐지고 잔치 때나 쓰는
커다란 교자상이 네 개나 놓였다. 그리고 그 위에 정말 상다리
가 부러질 만큼 가득 올라가 있는 음식들이 마치 그들을 기다리
고 있는 듯 보였다.

사람들이 모두 모이자 자연스럽게 식사가 시작되었다. 식사
분위기가 신나지는 않았지만, 그렇다고 무겁거나 어색하지도
않았다. 각자가 적당히 자기의 말들을 하며 서로 분위기를 맞춰
가고 있었고, 아이들은 금세 친해져서 밥을 먹자마자 방방이를
타러 사과나무쪽으로 몰려갔다.

장모는 동주와 동준 그리고 제이크를 안쓰러운 표정으로 바

라보며, 그들의 앞 접시에 음식들을 자꾸 올려놓았다. 그들은 장모가 마음을 쓰는 것을 부담스러워하지 않고 순순히 받아들이고 있었다.

선록은 문득 생각했다. 가족이라는 것이 당연하지 않았던 사람들의 삶은 얼마나 어려웠을까? 내 집에서 내가 살 수 없는 상황이 되면 얼마나 두려웠을까? 그리고 내 아이가 고아가 되어 고아원에 가야 한다는 걸 아는 것은 어떤 마음일까? 그런 생각을 할수록 선록은 자신의 평범했던 일상이 감사하게 느껴졌다. 하지만 그렇다고 선록은 그들의 불행으로 자신의 행복을 확인하고 싶지 않았다. 그리고 그들의 삶으로 자신의 삶에 안심하고 싶지도 않았고. 선록은 그저 그들이 안쓰럽다고 생각했다. 어쩔 수 없이 주어진 삶에서 모든 걸 감당하고 있는 그들의 모습이 그저 안쓰럽다고. 처음에는 동정을 하는 것이 그들에게 오히려 더 상처가 될 수도 있겠다고 생각했지만, 그래도 그냥 안쓰러워하고 가엾게 여기기로 했다. 자신의 마음이 이미 그렇게 가고 있는 것을 숨길 자신도 없었을 뿐만 아니라, 이미 그들에게 자신의 감정 따위는 중요하지 않을 것이라고 생각했기 때문이다.

이 가족의 안쓰러운 마음은 그 후로도 아주 오랫동안 유지됐다. 장인은 제이크를 가족으로 받아들여 함께 일하는 것으로, 선록과 완수는 주말마다 아이들을 모아 신나게 놀아주는 것으로, 선애와 선영은 동주에게 좋은 이모가 되어주는 것으로, 그리고 장모는 반장의 아내가 그랬던 것처럼 그저 수북하게 쌓은 밥공기를 그들에게 건네는 것으로.

그리고 그들 역시 그 모든 것을 거부하지도 불편해하지 않았다. 다행히도 그들에게는 그러한 동정이 처음은 아니었기 때문이다. 그들은 이 과수원 덕분에 다시 달라지고 있었다. 처음 가출이 그들에게 그랬던 것처럼. 키다리 아버지의 후원이 그들에게 그랬던 것처럼. 이 가족의 안쓰러운 마음이 그러고 있었다.

에필로그

민철은 공항에서 마지막으로 뒤돌아 모든 풍경을 둘러 봤다. 어쩌면 한동안은 돌아오지 못할 이 나라를 마지막으로 눈에 담아두고 싶었던 것이다. 마음 같아서는 아주 오랫동안 충분히 눈과 마음에 담아두고 싶었지만, 자신을 기다리고 있는 많은 사람들 때문에 그는 아쉽게 발길을 돌렸다.

오랜 시간이 지났다. 동주는 성인이 되었고, 민철의 시간도 모두 지나갔다. 그는 이제 한국에서도 아무렇지 않게 살 수 있었지만, 이곳에서는 더 이상 아무렇지 않을 수 없다는 것도 알 수 있었다. 그래서 그는 동주에게 말했다.

"우리랑 같이 갈래?"

동주는 고민도 하지 않고, 고개를 저었다.

272

"아뇨. 저 혼자 잘 할 수 있어요."

민철은 더 이상 동주에게 말하지 않았다. 동주는 어느새 잘 여물어진 눈빛을 가지고 있었기 때문이다. 이 모든 사건이 시작되었을 때, 민철은 자신의 아내와 아이를 필리핀으로 보냈다. 대외적인 명목은 유학이었지만, 실은 아내에게 모두 함께 살 수 있는 공간을 찾아달라고 부탁했다. 아내는 필리핀에 머물며, 아이들이 함께 뛰어 놀 수 있는 넓은 정원이 있는, 네 가정의 충분히 함께 살 수 있을 만한 커다란 집을 찾고 있었다. 그리고 찾아냈다.

아내에게 가운데 넓은 정원이 있는 근사한 3층 집의 사진을 받았을 때, 모든 걸 다시 새로 시작할 수 있을 것 같은 생각이 들었다. 모든 걸 처음부터 다시 시작할 수 있는 곳을 찾았다고. 그리고 친구들의 가족들에게 사진을 보냈다. 우리가 앞으로 함께 살 곳이라고.

제이크는 그 사건이 마무리되자마자 필리핀으로 돌아갔다. 그리고 민철은 더 이상 의사가 아닌 제이크가 다니는 학교에서 교수로 새로운 삶을 살기로 했다. 민철은 여전히 의사로도 살 수 있었지만, 이미 스스로 의사로서의 자격을 잃었다고 생각했다. 그래서 앞으로는 자신과는 다른 선택을 할 수 있는 의사들을 길러내는 사람이 되기로 했다.

과수원 가족들은 참 촌스럽게도 모두 함께 공항에 나왔다. 민철의 이민을 마지막까지도 반대하던 장인과 장모도 결국은 비행기에서 먹을 과일을 잔뜩 싸와서 손에 들려줬다.

"필리핀 과일이 더 맛있어요."

"잔말 말고 먹어!"

민철은 알고 있다. 그들에게 고향이 생겼음을. 지금, 이 비행기를 타고 아주 먼 길을 떠나지만, 언제든지 돌아오면 자신을 반겨줄 가족이 있다는 것을. 그래서 그도 그들에게 말할 수 있었다.

"놀러 오세요, 꼭!"

"알았어."

"자주 오세요, 꼭!"

"알았다고!"

"고맙습니다."

민철은 마지막으로 사진을 한 장 찍고 싶었다. 가족 모두가 담긴 가족 사진. 반장 아버지와 함바집 어머니는 동주와 동준이에게 담겨 있었고, 어릴 적 친구들은 그들의 아이들에게 담겨 있었다. 그리고 과수원 가족들. 이제 비록 가까이 살지는 못해도 이미 그에게는 가족이었다. 마지막으로 키다리 아버지를 사진에 담고 싶었지만, 방법이 없었다. 그는 그들에게 아무것도 남기지 않으니까. 근데 문득 민철에게 떠오르는 것이 있었다.

빨간색 로모 카메라. 대학생이 되고 처음으로 갖고 싶은 걸 말했던 것이 바로 카메라였다. 원장아버지의 말에 따르면 비싸고 좋은 디지털 카메라를 사줄 수도 있지만, 처음이라면 조금 더 아껴 찍을 수 있는 카메라를 사주고 싶다고 하며, 그 빨간색 로모 카메라를 보내주셨다고 했다. 나는 대학생활 내내 그 카메라를 가지고 다니며, 참 많은 사진들을 아껴 담았고, 여러 번의 이사를 다니고, 새로운 카메라를 사면서 어딘가로 사라져 버렸지만, 그 카메라라면 왠지 키다리 아버지도 함께 담기는 기분을 들 것 같은 생각이 들었다.

민철은 이민을 준비하면서도 열심히 그 카메라를 알아봤다. 아쉽게도 그냥 로모카메라는 쉽게 찾을 수 있었지만, 흔하지 않던 빨간색 로모카메라는 쉽게 나타나지 않았다. 그리고 공항에 가는 날 아침, 감귤마켓에 그 빨간색 로모카메라가 올라왔다는 알람이 울렸다.

[감귤!]

감귤마켓의 알람에 민철은 바로 대화를 걸었고, 아주 아슬아슬하게 그 카메라를 구입할 수 있었다. 그의 손에 들어온 빨간색 로모카메라는 당연히 그가 잃어버렸던 그 카메라가 아니었다. 하지만 그저 같은 색깔과 같은 모델인 것만으로도 왠지 키다리 아버지가 보내준 것 같은 느낌이 들었다.

카메라를 자세히 살펴보지 못했던 민철은 이제 비행기를 타러 들어가야 하는 시점에서야 카메라를 꺼내볼 수 있었다. 그런데 카메라를 보니 필름이 몇 장 남아 있었다. 32장짜리 필름이라고 생각하면 한 7장 정도. 민철에게는 새로운 필름이 있었기 때문에, 가벼운 마음으로 마지막 한국의 하늘과 과수원 가족들을 찍었다. 그리고 그 필름은 케이스에 잘 담아 가방에 넣고, 새로운 필름을 넣고 가족 사진을 찍었다. 정말 많은 가족들은 각자의 표정으로 새로운 곳에서의 설렘, 익숙함과 멀어져야 하는 두려움, 정든 이들과 멀어져야 하는 아쉬움 들을 담아내고 있었다. 그렇게 그들은 온 가족이 담긴 가족사진을 찍었다. 정말 온 가족이 모두 담겨 있는 진짜 가족사진을 말이다.

그리고……

빨간색 로모카메라에 담겨 있던 남겨진 필름은 길지 않은 시간이 지나고, 세부의 한 사진관에서 현상되었다. 그리고 그 사진들로 인해 많은 사람의 삶이 또 얼마나 파란만장하게 달라질지. 그때는 아무도 모르고 있었다.